重温红色经典　秉承先辈遗志

重温红色经典　秉承先辈遗志

红色经典文学丛书

红色娘子军

郭小东 晓剑 著

重温红色经典 秉承先辈遗志

民主与建设出版社
·北京·

©民主与建设出版社,2021

图书在版编目(ＣＩＰ)数据

红色娘子军 / 郭小东, 晓剑著. -- 北京 : 民主与
建设出版社, 2021.4
(红色经典文学丛书 / 吴迪诗主编)
ISBN 978-7-5139-3482-4

Ⅰ.①红… Ⅱ.①郭… ②晓… Ⅲ.①长篇小说—中
国—当代 Ⅳ.①I247.5

中国版本图书馆 CIP 数据核字(2021)第 065368 号

红色娘子军
HONGSE NIANGZIJUN

著　　者	郭小东　晓　剑	
责任编辑	王　维　郝　平	
封面设计	博佳传媒	
出版发行	民主与建设出版社有限责任公司	
电　　话	(010)59417747　59419778	
社　　址	北京市海淀区西三环中路 10 号望海楼 E 座 7 层	
邮　　编	100142	
印　　刷	湖北鄂南新华印刷包装股份有限公司	
版　　次	2021 年 6 月第 1 版	
印　　次	2021 年 6 月第 2 次印刷	
开　　本	710 毫米×1000 毫米　1/16	
印　　张	11.5	
字　　数	159 千字	
书　　号	ISBN 978-7-5139-3482-4	
定　　价	39.90 元	

注 : 如有印、装质量问题,请与出版社联系。

目录

红色经典文学丛书

目录

红色经典文学丛书

第一章

万泉河边，黄昏时分，夕阳如血。远山的黄栌和三角枫树一片火红，火红的树叶在夕阳的映照下，愈发彤红，镶上一条金色的毛边。河水清冽冰冷，丛林中有水牛的木铃声，此起彼落，铃声单调但是悠然。

一个七八岁的男孩子站在岸上，凝视着水面呼唤："姐，姐。"河里没有动静。远处一只小渔船上一个男人一边收网一边唱着粗犷的民歌。

男孩有点着急地对着河面喊："姐！姐，姐姐！"河水平静地流淌着。男孩跳着脚，露出了哭腔："姐呀，你快上来吧，以后我再不淘气了，我听你的话，我帮你干多多的活……"

渔船上的男人收获了一大网活鱼，他见岸上的男孩急得乱跳，便高声打趣说："你姐在我船上呢！她嫁给我啦。"话音未落，渔船便猛烈地摇晃起来，船上的男人东倒西歪，渔船翻进河里，男人落入水中。

只见河水哗啦一响，十八岁的吴琼花粗黑的大辫子和美丽的脸露出了水面，紧接着，只戴着肚兜而曲线毕显的上半身也冒了出来，她举起手，手中抓着一条鱼。男孩欢笑起来："姐！"水中的男人挣扎着，趴在翻过来的船底上，无可奈何地往岸上望着。

琼花慢慢走上岸来，她浑身水淋淋的，苗条而健美的身躯挺立在夕阳中。她把鱼交给弟弟，迅速穿上了上衣和裤子。弟弟没有抓牢鱼，鱼掉到了地上，弹跳着。

林木掩映着房屋，几棵老树截断了道路。神态威严的南霸天，挂着文明棍走来。

南霸天大约三十五六岁的模样，本名王大无，是这一带远近闻名的乡绅。方圆百十里地面，都是他家的势力范围，据说是他的祖父在清末年间跑马圈地得来。祖父早年做过烟土买卖，后来落叶归根，便在此地购置大量房产，在万泉河两岸，王大无算得一霸，人称南霸天。此人年纪不大，但一心想当土皇帝，他对南霸天这个绰号，非常满意，时时自称南霸天，久而久之，人们反而对他的本名王大无不甚了了。他财大气粗，村民们对他虽然没什么好感，但仇恨的倒是他的手下，认为南霸天的声名，都是他手下的坏人搞坏的。手下人最坏的就是老四。

一个丫环给他打着阳伞，一个丫环给他捧着茶壶，还有两个挎着盒子枪的团丁跟在后面。

老四三十岁左右，是南霸天的贴身随从。他身段瘦长，长着一副瓦刀脸，脸色铁青铁青，颇有一副钢筋铁骨的样子。此刻，他走在南霸天前头，正陪着一个风水先生指指点点。几个担柴过来的农民见到南霸天，连忙闪到路边。

一条大黑狗冲南霸天狂吠着，丫环吓得连连后退。团丁掏出手枪，骂着："南爷驾到，谁家的狗挡路？"

没有人吭声。老四一步蹿了上来，灵活地飞起一脚，把狗踢得哀号了一声，倒下去抽搐着。南霸天赞赏地冲老四点点头。

万泉河边一座农家小院，小院用木薯杆插地围起，草屋掩埋在疯长得遮天盖地的绿叶之中。一只老鹰突然从空中俯冲下来，院子里的鸡群被惊得四处逃窜，老鹰叼起一只肥大的母鸡，呼啸着腾飞而去。红莲的婆婆大声叫喊着，抓起一根木头，向老鹰飞去的方向掷去。她突然看到媳妇红莲正在院子那儿跟谁说话，她眼光警觉地射过去。

农家媳妇打扮的红莲，在院子里冲外面的阿牛打着手势，想说什么又不敢出声。阿牛扛着锄头，指指天上，比画着。婆婆出现在红莲身后："红莲，太阳要落山了，该把你丈夫抱回床上去了。"她说这话时很用心地看着红莲的脸，像是要从中找出什么蹊跷似的。

红色经典文学丛书

红莲只好转回身,她身后的竹椅上摆放着一个半人大小的木头人。她伸手去搬椅子。婆婆:"你丈夫在外面晒了一天,做女人的要给他擦擦身子,晚上才好搂着睡。"红莲顺从地用衣襟给木头人擦拭。眼泪滴落在木头人上,她赶紧把泪水抹去,不断地机械地擦拭着,双眼木然地盯着茅草铺就的屋顶,屋顶上挂满蛛丝。阿牛一直愣愣地站在一边,婆婆也不好说什么,这个阿牛常常来家里帮着做事,没有男人的家事事不顺,幸好有这个阿牛。婆婆心里明白,阿牛是为着红莲来的,可是,阿牛毕竟是外人,她的心放不下,都怨自己的死鬼儿子……

琼花和捧着鱼的弟弟走过来。她冲愁眉苦脸的阿牛做个鬼脸,大声笑道:"红莲姐,小两口亲热呀!"红莲苦笑:"琼花,你又拿我开心。"琼花:"你整天都不开心。咱们是从小一块长大的好姐妹,我当然要让你开心啦!"婆婆走了过来,她装作没有看见阿牛。阿牛连忙闪到树后。婆婆对琼花说:"琼花,红莲是有丈夫的人了,不要胡说!"

琼花:"她就是再有两个木头丈夫、三个石头儿子、五个泥巴女儿,我想跟她说什么还是要说什么。"婆婆摇摇头:"姑娘家说什么疯话!我看你疯得太不像话,也该有个男人管管了。"弟弟:"我就是男人,我管我姐。"琼花笑着:"谁也管不了我。"她拉着弟弟跑了。

吴琼花家院子里,琼花的父亲光着上身在劈柴,母亲在灶房门口洗米。琼花和弟弟欢快地跑了进来。弟弟高声喊:"姐姐抓了一条鱼!"琼花来到父亲身边,挽起袖口:"爸,你歇歇,我来劈。"吴父直起腰:"你是大姑娘了,要有点女人样,你帮你妈去做饭。"

琼花噘着嘴:"我最不喜欢做饭。"吴母在灶房门前说:"不喜欢做饭,哪个男人敢娶你呀。"琼花跑到母亲身边,搂着母亲:"我不嫁人,就和爸妈和弟弟过一辈子。"弟弟:"我也不娶老婆,就要姐姐当老婆。"吴母打了弟弟一下:"别胡说!"琼花熟练地收拾着鱼。吴母欣喜地看着女儿。

琼花家是一排三间草屋,屋墙是用牛粪和上煮过的香茅草涂在竹子扎成的墙架上做成,风干了以后,墙体便坚牢无比,且冬暖夏凉,屋子里只有几件简单家什。

饭桌边坐着一家四口，饭桌上摆着酸笋煮鱼，弟弟伸筷子就夹鱼。琼花用筷子轻轻打了弟弟手背一下："爸妈还没动手呢。"弟弟委屈地："我是要夹鱼眼睛给爸下酒，爸最喜欢吃鱼眼睛啊。"吴父把鱼尾巴夹到弟弟碗里："吃吧。"吴母把鱼头夹给琼花。

吴父喝了口米酒："再有两天就该收稻子了，卖了稻子，每人做一件新衣服。"弟弟一听就说："我不要新衣服，我要买书上学。"琼花跟着说："我也不要新衣服，把钱留给弟弟上学吧。"

晚霞染红了天边，琼花家院子的后墙清晰可见。

风水先生收起罗盘，又翻开一本线装书看了又看，掐了掐手指，闭上眼睛嘟囔了几句什么，猛地睁开眼睛，兴奋地说："是这里了！"南霸天凑过来："大师可有高见？"风水先生："南爷请看，此处乃龙身盘踞，龙头抬起，群凤环绕，白鹤飞翔，日迎紫气东升，夜送北斗西去，地脉丰厚，天象充盈，椰林镇周围方圆百里，再没有如此之妙的风水宝地了，若是修建祖祠，定能收拢南家祖上恩德，保佑南家后世发达。"

南霸天很兴奋："勘查了几十处地方，终于给祖上找到了聚魂之处。"老四抱拳："恭喜南爷。"南霸天紧追着："大师，您再测算一下，何日动土为宜？"风水先生答："三日之后为吉日。"

南霸天吩咐："老四，你去问明那是谁家房宅，两日内清出基地。"老四应声："是。"

万泉河平静地流淌着，椰林里有狗吠声，偶尔传来鸟铳火炮响起的砰砰声，沉闷黯哑。夜风呼啸着。

吴琼花家里，油灯昏暗。吴父抱着竹烟筒在抽，琼花帮母亲收拾着碗筷，弟弟在边上逗螳螂。

这时，一阵沉重的脚步声传来，随即，老四领着两个团丁气势汹汹地闯了进来。弟弟躲到母亲的身边。本来漫不经心的吴父一下子站起来："四爷，您、您抽烟。"他把竹烟筒递上去。老四没有接："告诉你个好事。"吴父：

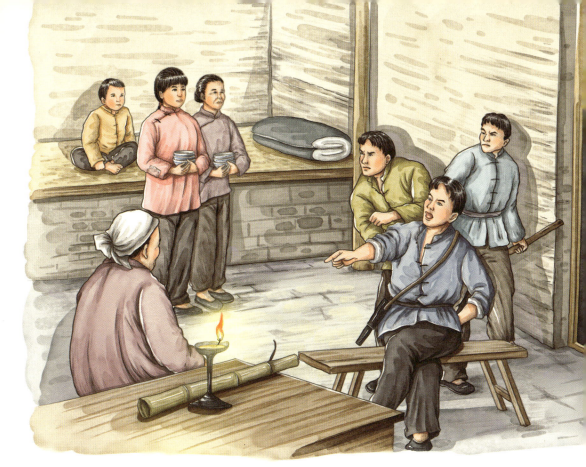

"我们平常百姓，能安安稳稳过日子就是最好的事了。"老四奸笑："你的好日子来了！"吴父疑惑地："什么好日子？"老四狞笑："乔迁之喜，搬家！"吴父一愣："搬家？往哪儿搬？"

老四提高了声音："你爱往哪儿搬就往哪儿搬！南爷看上你们这块地了，要在这里修建祖祠，限你两日之内赶快搬走！南爷高兴了，亏待不了你姓吴的。"

吴父："四爷，真是搬不得呀，我吴家祖祖辈辈就在这块地上过日子，祖坟在屋后，水田在边上。这一搬，我们……您跟南爷求求情，让南爷高抬贵手，换一块地修祖祠，我全家都去给南爷帮工，帮一年半载都行，一分钱不要。"

老四不耐烦地："没工夫跟你废话！告诉你，南爷看上的东西，甭管是人是物，都非到手不可！限你两天之内，都给老子搬干净了。不要敬酒不吃吃罚酒，到时候大家都没面子。南爷是读过书的人，我老四在山上拉了八年杆子，可没那么好脾气。"说完，他扬长而去。

吴父手中的烟筒一下子落在地上。吴母啼哭起来："真是祸从天降啊，这可怎么办！"弟弟："就不搬！"吴父："胳膊拧不过大腿，还是得求南爷去。"

椰林镇其实是万泉河边一个不足三千人的小镇，周围方圆百余里村庄的百姓逢单日到宫塘来赶墟。每逢墟日，小小的宫塘便人山人海，把宫塘仅有的一个小十字街口堵得水泄不通。南府坐落在大十字街上，一条石板路伸向两侧。门楼高大，两个小石狮子蹲在两侧，一个穿黑衣服的团丁挂着步枪在站岗。

吴父、吴母、琼花和弟弟来到南府前。团丁用枪拦住他们。吴父："小兄弟，我们要见南爷。"团丁哼了一声："南爷是你这种小老百姓随便见的吗？"吴父连忙掏出一把铜板，塞到团丁手里："小兄弟，都是乡里乡亲的，帮帮忙。"团丁把铜板收起来，压低声音说："南爷出门办事，午饭前必回。你在这里等着吧。"吴父："谢谢小兄弟了。"

强烈的阳光晒着，泥地上蒸腾着阵阵白气。两个团丁在南府门口走来走去，不时呵斥着门口的乞丐。

琼花一家还在等候。弟弟忍不住："我饿了。"琼花搂住他："小弟乖，一会儿姐姐给你烤红薯吃。"弟弟："要烤得又焦又香。"吴父眼睛一亮："来了，来了。"只见团丁、丫环和老四跟随着南霸天的轿子走了过来。吴父和吴母拉着琼花和弟弟迎了上去。老四吼着："干什么！靠边！"

吴父和吴母跪了下来，示意琼花和弟弟也跪，琼花昂着头没有动，弟弟被吴父强按在地上。吴父："南爷开恩啊，我一家人就靠着那块地过日子了，那房子住了好几代，吴家几十位祖先都埋在那里了，我……"

南霸天冷冷地："老四，我忘了吩咐，拆房时连坟一起挖走，一块骨头也不能留下来。"说完，他迈出轿门。吴母跪着挪了两步，一下抱住了南霸天的腿，苦苦哀求："南爷，给吴家一条活路吧，我下辈子给你当牛做马都行。"南霸天狠狠一脚把吴母踢开。吴母捂住了胸口，喘不过气来。吴父叫着："孩子他妈，孩子他妈！"琼花抱住母亲，弟弟冲上去，拉住南霸天的腿就咬了下去。

南霸天顿时疼得大叫起来："老、老四，你、你瞎了……"话音未落，老四跃了过来，一个连环腿就把弟弟踢到空中。弟弟翻滚了两圈，正正地落在了石狮子上，立刻头破血流，趴在地上一动不动了。吴母撕心裂肺地叫了一声，挣扎着扑过去抱住弟弟。琼花愤怒地要向南霸天冲去。两个团丁迅速拧住了她的胳膊。

吴父挣脱了搂住他脖子的老四："我和你拼了！"他冲向南霸天。摔倒在地的老四喊了声："南爷小心！"已经上了台阶的南霸天镇定地转回身，举起文明棍。吴父冲到，惊讶地看着文明棍里伸出了一把尖刀，刀锋刺进了他的胸膛。南霸天缩回尖刀，恢复成文明棍，头也不回大步走进南府。

吴父慢慢倒了下去，眼睛瞪得大大的，死了。抱着弟弟的吴母爬过来摇晃着吴父："孩子他爸，你不能死！你死了我们可怎么活呀！南霸天，你、你好狠心……"突然，她站起来，一头撞向南府大门的门柱。鲜血喷溅在了大门上。吴母也一动不动了。琼花终于挣脱了已经松懈下来的团丁，抱住母亲哭着，又爬过去抱住父亲哭着，最后抱住弟弟，哭得死去活来。

南府对面，行人有的躲避，有的观看，但都敢怒不敢言。

坟地里，许多坟墓被高大的树木包围着。三座新坟前，披麻戴孝的琼花点燃香，插在土里，跪了下去，一连磕了九个头才直起身子。她眼中已经没有了泪水，闪烁的只是仇恨的光芒，低沉地说："爸、妈、弟弟，你们死得冤啊！我一定要给你们报仇！"她喘了口气，放开嗓音，"我一定要给你们报仇！"

一群鸟被她的声音惊起，从树梢飞向天空。她站起来，抓起坟旁一把锄头，脚步沉重地向树林外面走去。

河边香蕉林，虫鸣蛙鼓。河上偶有小船划过，船灯闪烁得像鬼火一般，和草丛中的流萤交相扑闪。

红莲和阿牛衣衫不整地躺在香蕉叶上，亲热地搂在一起。阿牛摸摸红莲的脸："红莲，咱们总是这么偷偷摸摸的，像做贼，到哪年哪月才是头啊？"

红莲:"我也愿意光明正大地和你做夫妻,可、可我是有丈夫的人了。"阿牛:"你那算是什么丈夫?还不如一条狗呢。干脆,你跟我下南洋吧。"红莲:"下南洋?我听人说,要在大海上漂一个月,遇到台风就得喂鲨鱼。"阿牛:"那你也不能就这么过一辈子呀。"红莲:"要是有一个能让咱们不用偷偷摸摸在一起的地方就好了。"阿牛:"听说城市里的女人想离婚就离婚,姑娘家也不用父母包办婚姻,爱上哪个男人就大大方方地和他一起过日子。"红莲:"可惜咱们去不了城市。"阿牛:"怎么去不了?城里人又不是天生的。"红莲整整衣衫,站起来:"我得回家了,要不婆婆会怀疑。"

祖祠工地。南母亲手点燃一根粗粗的蜡烛,摆放到香案上,喃喃地:"先人,祖祠尚未完工,恕小女子不能行下跪大礼。这根明烛已表心愿,完工庆典之日,我必率南儿三叩九拜磕十八个头。"琼花提着锄头一步一步走过来。老四大喊:"吴琼花,你要干什么?"

琼花嘶叫了一声,抡起锄头就砸向刚立起来的房柱。几个工匠吓得闪开,没固定的房柱晃晃悠悠地倒了下来,刚好砸在条案上。琼花举着锄头,又向扶着南母的南霸天冲来。边上一个丫环咿咿呀呀地冲琼花叫着,她是个哑巴。老四飞身向前,用胳膊夹住了锄头,用力一拧,把锄头打落,随即双拳合击,正中琼花太阳穴。琼花顿时昏倒在地。

老四抱拳:"南爷受惊了,这丫头太可恶,是不是送椰香院去算了。"南母:"我南家大户人家,何必和乡下丫头计较,这也算是给她点教训了。南儿,我们回府。"南霸天:"把这该死的丫头扔一边去,免得坏了我南家祖祠的风水。"

香蕉林里,阿牛还坐在香蕉叶上。红莲慌慌张张地跑回来。阿牛惊喜:"舍不得离开我吧?"红莲气喘吁吁,满脸惊恐,她急急地说:"琼花让老四给打昏了,扔到粪坑边上,你快去把她背到我家。"阿牛连忙起身,急急离去。

椰林镇,街道两边都是骑楼,很有南国特色。行人不多,大部分店铺已

红色经典文学丛书

经关门,只有几个摆小摊的在大声吆喝着,远远地能够看见一个大门前挂着大红灯笼,上面有"椰香院"三个字。

红灯垂下,两个大汉带着一头长发、矮小清秀的叶容和两个年轻姑娘走进门。老鸨一看,往椅子上一坐,摆出一副尊贵的模样,招呼他们过来。两个大汉推着姑娘来到老鸨面前,姑娘大哭起来。大汉一个耳光打上去:"哭什么哭?到这儿是享福来了。"老鸨:"这位大哥说得对。明天就给你们找有钱的大爷,以后是天天新婚,夜夜收钱,比在自己家里受穷强百倍。"

红莲家的偏房里,昏暗的油灯下,琼花躺在带架子的大木床上,红莲用小勺给琼花喂水。琼花动了一下,睁开了眼睛。红莲长长地出了口气:"你总算睁开眼了,吓死我啦!"琼花猛地坐起来,抓过红莲手中的碗,一口气喝光了里面的水,然后下床就往外面冲。红莲拦住她:"琼花,你去干什么?"

琼花:"我要找南霸天报仇!"

红莲:"你一个弱女子,怎么能斗得过南霸天?一个老四你都对付不了!"

琼花:"他杀死了我爸妈和弟弟!我的仇恨比万泉河长,比大东海深,斗不过我也要斗!"

门开了,红莲婆婆端着饭菜走进来。婆婆劝说着:"琼花啊,要斗也要先吃饱肚子,养好伤。吴家就剩下你一个了,从我这里出门送死,你桂姨对不住你爸你妈。"红莲接过婆婆手中的饭菜,放到方桌上:"琼花,先吃点东西,报仇的事以后有的是时间。"

琼花犹豫了一下,一屁股坐到桌子旁,端起碗筷,大口吃起来。

妓院里一个小房间,像鸽子笼似的。昏暗的小马灯挂在墙上,墙上贴着几张画着美女的月历。房间里有一股劣等香水的气味。小小的电灯泡从屋顶垂下,灯光昏暗。一张大床,一张方桌,墙上挂着些很俗气的画。

叶容穿着新衣裙,长长的头发散下来,呆呆地坐在梳妆镜前,看着胭脂水粉,泪水流淌着。她看着镜子里的自己,捧起长长的秀发,泪水落在上面。突然,她抓起一把剪刀,几下子把长长的秀发连根剪断,然后还觉得不够彻底似的，接着用剪刀刮着头皮，刮破的头皮流淌出鲜血。满地的头发，长发清秀的姑娘成了光头。

门推开了，衣衫华丽的男人走进来，叶容猛地回过头来，她的脸上是泪，头上是血，头皮有的地方还留着头发茬子，有的地方已经是光光的。嫖客吓得大叫一声："有鬼，闹鬼啦！"他撒腿跑了出去。

老鸨见状，气急败坏，她一边给那嫖客赔不是，一边揪住长发猛打。她呼来几个保镖："把这臭婊子给我捆起来！"

老鸨一竹竿敲在叶容的光头上："你搞成这副人不人鬼不鬼的样子是想干什么？"叶容哆嗦着："我不想接客，不想做妓女。"老鸨又是一竹竿："老娘把你买来是当宝供着的吗？你不想接客，不想当妓女，老娘我去喝海风呀？从明天起，椰香院所有粪便垃圾都由你倒。头发长起来后，给我正式接客！"

油灯已熄，琼花和红莲躺在床上，月光透过窗子，洒在她们的脸庞。

琼花小声地："红莲姐，南霸天毁了我的家，杀了我的亲人，我要毁了他的祖祠，杀了他。为什么女人就要受欺负，受侮辱？女人也要报仇，也要……红莲姐！"她轻轻推推红莲。红莲已经进入梦乡。

琼花悄悄从床上下来，穿上衣服，出了门。

南府厅堂里，全套红木仿古家具，中堂挂着大幅字画，百宝格中摆着一些古董。南霸天衣衫整齐地坐在太师椅上，捧着水烟枪吸着，一个丫环在他身后为他扇着扇子。

老四慌慌张张跑了进来："南爷，昨夜有人把南家祖祠刚垒上的墙给推翻了，刚立上的房柱也拉倒了。"

南霸天猛地站了起来："在椰林镇，谁这么大胆儿？"老四："我估摸着是吴琼花那丫头。"南霸天冷冷地："捉奸见双，捉贼见赃，你当场拿到了？"老四："这……"南霸天："晚上派人守着，要真是那个不知好歹的丫头，给我抓回来。让她知道在椰林镇和南府作对是什么下场！"老四："是。"

祖祠工地,月光惨白。房柱又立了起来,几堵墙又砌了起来,四周渺无人迹。一个拿着锄头的人影从树丛中出现,观察了一下,快步跑了过来,可以看清是琼花。她抡起锄头,拆着砖墙。几个人影从砖料后面站起来,不声不响地围向琼花。当琼花发现有人包围住她时,已经来不及逃走了。

老四哈哈大笑:"我猜得不错,果然是你,给我拿下!"四个团丁一起扑了上去。琼花抡着锄头,不让团丁靠近。老四骂了声:"笨蛋,连个女人都制不住!"说罢,他捡起一根竹竿,旋转了十几下,然后猛然向前一点,刚好击中琼花的手腕。

琼花手中的锄头落地。四个团丁一拥而上,把琼花按在地上。

南霸天家后院的土牢,门口站着两个团丁。土牢里阴暗潮湿,一角堆着些柴草,另一角有两块竹篱笆不知盖着什么东西。沉重的木栅栏门打开,浑身捆绑着的吴琼花被扔进来。琼花滚下地牢,身体撞到墙上,撞得她鼻青脸肿。一个团丁跟进来,解开捆绑着的绳索,琼花挣扎着,不让团丁碰她。那团丁嘴里骂着:"不识好歹的贱货!不让解就捆着好了。"

吴琼花不再挣扎,她一声不吭,只是恨恨地瞪着外面的团丁。团丁提着绳索,转身欲走出土牢,刚刚松绑的吴琼花迅速一跃而起,扑向团丁,团丁被扑倒在地。团丁没想到琼花如此顽强,他惊慌地大喊来人,几名团丁冲进来,把琼花牢牢按住。团丁抹了抹额角上渗出的鲜血,狠狠抽了琼花一巴掌。琼花被打得眼冒金星,仇恨地瞪着团丁。团丁把琼花扔在地上,用一把大锁把牢门锁住。

第二章

大海边，阳光明媚，照射着一望无际的海面和蜿蜒伸展的防风林。

年轻英俊、仪表堂堂的洪常青一身白色西装，骑着白色的高头大马。通讯员小庞提着皮箱跟在旁边，左右有十二个身穿制服、挎着长枪的警察护卫，后面是四个挑夫挑着沉重的担子，一行人不紧不慢地行进在沙滩上。小庞："洪少爷，前面有个村庄，可以歇一下。"

洪常青："好啊，走了半天，也该喘口气了。"小庞冲警察和挑夫喊着："各位，紧走，跟上，前面歇息。"

南母卧室里，南母斜靠在雕龙刻凤的红木床上，哑巴丫环为她捶着腿。南霸天坐在一边。南母："南儿，你母已是古稀之人，能看着你把祖祠修好，也算对得起列祖列宗了。此生惟有一件未了之事，那就是要亲手抱一抱孙子。"南霸天恭敬地站起来："儿已年近四十，何尝不想早有后代。可母亲知道，儿子年轻时忙于发展家业，对女人又太过挑剔，三十岁才娶海口富商之女为妻。可她又命相无福，前年难产而亡，肚里孩子也没保住。去年接进门这个姨太太，几个算命先生都说命相不错，有相夫旺子之态，果然现在已经珠胎在怀。"南母："这是咱南家的福分，也是南家的阴德呀！为了南家大业永在，祖祠正梁登空之时，要隆重祭祀祖先，也好显示南家威望。"

南霸天站起来："还是母亲想得周全，我这就去安排祭祖之事。"南母："祭祀之时，一定要用童男玉女为祖先招魂。"南霸天："童男玉女？"南母："对，纸扎木刻泥塑石雕都行，以在阴间伺候祖先。"

南霸天略一沉思，冷冷一笑："母亲，纸扎木刻泥塑石雕，那都是小户人家玩的,南家的童男玉女当然是真人,灌上水银的真人,这才能显示南家的大气,也表明母亲和儿子对祖先的一片虔诚之心。"南母点点头:"南儿看着办吧,只是别犯了天干地支。"南霸天向外走去。

村庄外的小饭馆,有凉棚伸出,摆着七八张桌子,老板娘忙前忙后。洪常青等人坐成两桌,吃着海南粉。小庞:"洪少爷,这叫抱罗粉,味道不错吧?"洪常青点点头。

突然,门口一阵骚乱,一群国民党士兵把小饭馆包围起来。几个士兵按住门口处的小贩,把他们卖的香烟、鸡蛋塞进怀里。警察们放下饭碗,抓起了长枪。小庞也把手伸进怀里。洪常青制止住他。军官带着几个人走了进来:"检查!"洪常青镇静地继续吃着。军官看了看警察,客气地笑笑,绕开他们,来到洪常青坐的桌子边,喝道:"胆子够大的,见老子进来也不站起来表示一下。"

洪常青依然吃着。军官伸手要抓洪常青。小庞飞快地掏出了手枪,顶住了军官的脑袋。军官大怒:"你、你们是共匪?"

洪常青猛地一拍桌子:"我看你们像是土匪,横行霸道,无法无天!我以为中华共和就天下太平了,没想到兵还是匪,匪还是兵。"军官愣住了。

为首的警察走了过来,拨开小庞的枪口,对军官和颜悦色地说:"别误会,兄弟我就是奉海口市长之令,出公差为这位南洋归来的洪少爷保驾的。洪少爷生在富贵人家,火气大些,又有省政府蒋主席的推荐信函,连市长对他都很客气。"他的话柔中带刚。军官气焰收敛了许多:"都是自家人,不过,本人也是当差吃饭,执行公务,请洪少爷给点面子,开箱接受检查。"小庞怒目而视。

洪常青一抬手:"让他们开开眼。"挑夫连忙打开八个箱子。士兵们的眼睛亮了起来,因为里面全是白花花的银元。军官伸手想去摸摸。洪常青按住箱子盖,一下压住了军官的手:"怎么,怕我洪某贩卖假钱吗?"军官抽出手来,尴尬地笑笑。

洪常青一招手:"老板娘,结账。"他扔在桌上十块大洋。老板娘:"用不了这么多。"洪常青："给士兵兄弟们每人一条香烟。"说完,他向外扬长而去。警察和迅速盖好箱子的挑夫也跟了出去。小庞收起手枪,把碗里的粉吃光,才走了出去。

军官骂了声："真他娘的倒霉,啥时候有钱的都是大爷。"一个士兵凑到他耳边,小声说了几句什么。军官一惊："真的?"士兵："除非天下有长得一样的人。"军官拔出手枪："给我拦住他们!"

小饭馆外一条大路通向前方。洪常青已经上了马,正要进发。一队士兵冲了过来,将他们团团围住。军官喊了声："慢。"他伸手拦住洪常青的去路。小庞、警察、挑夫们紧张起来。

洪常青看了军官一眼："这是什么意思?"军官冲洪常青不怀好意地一笑："洪少爷,我的手下对你随从的身份有所……嗯,有些疑问。请洪少爷别见怪,我们是例行公事,请担待!"

洪常青冷冷地："你荷枪实弹,洪某就是不愿,也只有从命。不要跟他们打哑谜了,把你们的真实身份亮出来,也好尽早打消这些兵爷的疑虑。"挑夫犹豫着。小庞盯了挑夫一眼,吼了一声："磨蹭什么?"

四个挑夫放下担子,齐刷刷地一起解开衣襟,豁然露出腰间的一排子弹匣子和一只驳壳枪。挑夫把一个证件扔给军官："本人奉海口警备司令部侦缉大队孙大队长之令,护送洪少爷安全返乡。"

洪常青:"没有孙大队长手下这几个弟兄,就靠这十几个只能吓唬老百姓的警察,我洪某就是有天大的胆子,也不敢带着一万大洋招摇过市。"小庞:"一路上都有人想打我们这一万大洋的主意,看来……"洪常青:"不要信口胡言,国民革命军中都是英雄好汉,绝无此等心怀叵测之人。"军官看了看挑夫递给他的证件,略显尴尬,伸手打了士兵一个耳光:"简直胆大妄为,竟敢无端怀疑洪少爷的手下,你能在我这里吃粮,你阿旺哥就不能在孙大队长手下当差,别在这里丢人现眼,滚!"

洪常青:"这位兄弟也是为了不放过一个共匪,理该嘉奖。"军官把证件还给挑夫:"洪少爷请上路。"

小河淌水,有农妇在河边洗衣。洪常青一行人沿着河边的土路向前,走到一个十字路口。警察站住了。为首的警察对洪常青说:"洪少爷,我们只能送到此了。前面就是分界岭,过了岭还很艰险,望洪少爷小心谨慎,一路平安。"洪常青下马抱拳:"谢了。"为首的警察指指前面:"洪少爷,前面

就是椰林镇的地盘了，是进山、出海、南下三亚、北上海口的必经之路。"洪常青点点头。警察补充："南霸天一直占据着那里，自称南爷，他即是镇长，又是民团团总，还是税务局长、商会会长，反正椰林镇方圆百十里之内他一个人说了算，他为人凶险恶毒，可表面上又摆出一副知书达礼的模样。南霸天的地盘，是洪少爷必不可免的一道关卡。"

洪常青："既然必不可免，那万不得已我就会会这位南爷。"为首的警察："我们天黑前要赶回警局，就此告辞了。"说完，他带着警察们转身而去。

看着警察远去的身影，挑夫说："常青同志……"小庞打断挑夫的话："怎么又忘了，叫洪少爷。"挑夫："这里又没外人。"小庞："没外人也还是敌占区，马虎不得，刚才就差点露馅。"挑夫恨恨地："谁知道阿财那狗东西当了国民党兵。"

洪常青笑笑："叫洪少爷我也不习惯，但小心谨慎是必要的。"挑夫："不知道南霸天这一关好过不好过？"小庞："好过也得过，不好过也得过。"

洪常青翻身上马："走吧，今晚怎么着也得住在椰林镇了。"小庞："咱们是从广州到海口，又从海口到椰林镇，越走城市越小。"挑夫："走到五指山里就没城市了。"洪常青："早晚有一天这些城市都是咱们的。"

椰林镇的街道上，显得冷冷清清，今天不是墟日，街道上没有几个行人。

老四带着两个团丁漫无目标地转悠，一些行人躲避开他们。团丁："四爷，这上哪去找没家没主的童男呀？要是闹一场昏天黑地的风灾水灾就好了，花俩银元就买一个。"老四："要闹地震咱还得办孤儿院呢。"团丁："养大了，男的当壮丁，女的都送椰香楼。"老四："别废话，南爷的指令，从海里捞也得捞一个上来。走，上椰香院里看看，老板娘整天买卖人口，没准能给咱们指条路。"

妓院内，叶容穿着破烂的男式衣裤，看上去像是一个男孩子，她提着沉重的粪桶往屋后走去。老鸨恶狠狠地瞪着她，心想，倒霉透了！摊上这么个贱货。什么时候才能接客，把本钱捞回来！

　　老四从大门走了进来,见到老鸨,老远便招呼她:"老娘们!"老鸨马上换了一副笑脸:"四爷,大白天的就有兴致来我这里找乐子呀。"老四:"哪还有心找乐子,是要找人。"老鸨一愣:"上我这里找人?"老四搂住她:"找个男孩子。"老鸨若有所思地说:"要是时间宽裕,买个男孩子来不成问题,可只有一两天工夫,还真让人犯难。"老四:"不犯难还不来求你这个老板娘呢,平时你这里有闹事的,都是老四我来帮你摆平,现在你怎么也得帮我一把了。"老鸨突然眼睛一亮:"有了。"老四:"有了?"老鸨:"你等一会儿,我给你带一个走。"说着,她走到屋外,叶容提着粪桶走过,老鸨嘟囔道:"小东西,你装成男孩子整老娘,让老娘蚀了本,老娘这回让你死!"老鸨叫住叶容:"你过来!"拉着她进了房。

　　老鸨给叶容的脑袋上抹了满头的肥皂沫,用刀子刮着。叶容胆怯地:"不、不让我养头发接客了?"老鸨:"娘心疼你,让你到大户人家好好做个男孩子,你可得听话,别淘气,人家让你干什么你就干什么。"叶容有些疑惑,但还是感激地说:"谢谢娘。"

　　通往南府的街道上,脑袋刮得亮光光的叶容跟在老四的后面。老四摸着叶容:"这傻小子还真俊,跟吴琼花那丫头挺般配。"团丁:"真可惜。"老四一瞪眼:"让南爷听见割了你的舌头!"团丁连忙改口:"我是说这傻小子以后就享福了。"他说这话时有一种很奇怪的表情。

　　土牢里,吴琼花被捆绑着,神情疲惫不堪,她在土牢里被关了好几天,每天给送一次饭。她已经被折磨得没有锐气,浑身一点儿力气都没有。她坐在坑边,试图用绑着的手从竹篦笆上抽出一条竹片。木栅栏门的铁锁在响动,吴琼花连忙滚到墙角。

　　木栅栏门开了,老四把叶容推了进来。叶容大约知道大难临头,老鸨不是好人。可她不知为什么要把自己送到这儿来,于是她大喊大叫:"把我弄这里来干吗?不是说让我来享福吗?哪有在土牢里享福的?"老四嘿嘿一笑:"明天你就上天享福去了。"说罢,老四哼着小调,走出土牢。他锁上了门。

叶容乱蹦乱跳，两脚到处踢："我要出去，我倒大粪也不坐牢！"她把两块竹篾笆给踢到了一边，顿时呆住了。只见一个坑里爬满了毒蛇，一个个蛇头昂了起来，另一个坑里爬满了蝎子，爬来爬去。叶容吓得手忙脚乱地把竹篾笆又给盖好，连滚带爬地缩到了琼花身边："姐姐，是不是要把咱们当饭给那些虫子吃？"琼花哼了声："要吃咱们的人比那些虫子还毒！"叶容浑身有些哆嗦："姐姐，你也是被他们骗来的？"

琼花："我是毁了南霸天的祖祠被他们给抓起来的。"叶容："你敢毁南爷的祖祠，你胆子真大，椰香楼的老板娘对我们耀武扬威，可一听见南爷两个字，舌头就短了半截。"琼花："我还要杀了南霸天呢！"叶容："杀人，你不成强盗了？"琼花："南霸天才是强盗，他抢我们家的地盖祖祠，杀了我爸和我弟，逼得我妈撞死在南府大门口，现在又要给我灌上水银当什么玉女祭祖。"叶容："灌水银？往哪儿灌？"琼花："往肚子里灌。"叶容："往肚子里灌水银干吗？"琼花："人死了还跟活的一样。"叶容吓坏了："他、他们也、也要、要给、给我灌、灌水银？"琼花点点头。叶容愣愣地，吓傻了。

琼花往叶容边上靠了靠："小弟弟，你帮我解开绳子，咱们想办法逃出去。"叶容："解开绳子有什么用，门上有拳头那么大的锁，出不去呀。再说，他们来了，见绳子给解开了，我怕……"

"你怕什么？怕死吗，那就等死吧，等着给灌水银当活尸吧！"琼花轻蔑地吼叫着，"滚开，我自己来！"说着，自己努力挣脱绳子，可一点用处也没有。叶容不言语，主动靠近琼花，一点点地解开琼花身上的绳索。

书房的一面墙靠着一排老式书柜，里面摆满了线装书，另两面墙上挂着一些字画。一个丫环在研墨。南霸天把几幅字画摆在条案上，然后铺上宣纸，拿起毛笔，很优雅地临摹。老四闯了进来。

南霸天变了脸色："慌慌张张地干什么？什么事？"老四："南爷，有弟兄报告，从海口方向来了一群身份不明的人，好像怀里还揣着家伙。"南霸天眉头一皱："我明天祭祖，并没有邀请客人啊？"老四："南爷，我带人去看看,来路不对,就拾掇了他们。"

南霸天:"最近共产党有从山上往山下发展的趋势,咱们不得不防,不过,共匪都是些鸡鸣狗盗之辈,只在月黑风高之时出动,敢光天化日之下,带枪走大路的,也许是有身份的人,你要谨慎对待,千万不可得罪贵人。"老四:"南爷放心。"

椰林镇外大路转弯处,老四带着四个团丁虎视眈眈地盯住前方。洪常青等人拐过弯来,出现在他们面前。老四一个箭步跨了出去,大喝一声:"站住。"没人理睬他,来人继续往前走着。老四:"我他妈让你们站住,耳朵聋啦?"小庞放下皮箱,指着老四的鼻子:"你才瞎了狗眼,哪条河里蹦出你这么只癞蛤蟆,在给人走的路上乱叫。"老四一愣:"你、你敢骂我?"小庞:"我们洪少爷在海口都是市长迎来送往,骂你又怎么啦,惹恼老子,打你俩耳光呢!"老四一下抓住小庞:"你敢打我?老子是挨打长大的!"小庞的枪变戏法似的顶在了老四胸口。老四冷笑一声:"在椰林镇动武,好哇,那就试试看。"他躲开小庞的枪口,飞快地掏出了两支盒子枪,顶在了小庞左右太阳穴上。

大路两边的树后、草丛里一下子钻出二十多个荷枪实弹的团丁,枪口对准了洪常青等人。老四神气起来:"你就是天王老子,也强龙不压地头蛇,这里是南爷的地盘了,谁都得接受检查!"

洪常青哈哈一阵大笑:"南爷?就是名声远扬的南霸天吧?我洪某正要拜会他,看看他是不是如人们所传,既儒雅又霸气。既然你是他的部下,那就麻烦你带路,也省得你担私通共匪之名。"老四一愣:"你是……"小庞拨开老四的枪口:"这是南洋军火巨商洪老爷子的公子洪少爷。"

老四将信将疑,他提着手枪,在洪常青鞍前马后来来回回转了几圈,口中念念有词:"军火巨商?是何方神圣?没听说过!"洪常青翻身下马,对老四作揖:"小兄弟,是朋友海阔天空,是仇人冤家路狭,你自便吧,我要见的是南爷,不是来听你废话的,你是领道还是不领,不领,给我滚到一边去。"说着,翻身上马,顺势踢了一下马刺,马便小跑起来。众人紧紧跟上。老四见状，心中便没了主意，他只好跟在马后，连连说："洪少爷要见南爷，那好，那好，请。"

夜色已暗，椰林镇的街道上一片漆黑，椰香院的几个红灯笼，在夜风中摇晃，行人纷纷躲避着来势汹汹的团丁。洪常青一行被夹在两排团丁中间。

南府大门敞开，灯火辉煌，洪常青等人走了进来。南霸天大步流星走向洪常青，冲洪常青拱手作揖："这位就是南洋军火富商洪少爷了吧？"洪常青也拱手还礼："在南爷面前不敢称富，小可洪常青。"南霸天："洪少爷能光临寒舍，真让南府蓬荜生辉，南某未及张灯结彩隆重欢迎，还望洪少爷海涵。"

洪常青："这场面就是在海口也不能算小了，洪某已倍感盛情。"南霸天："有请洪少爷客厅落座。"

洪常青："请南爷先行。"南霸天把洪常青让进客厅，刚要跟随而入，老四拽住了他。老四低声地："南爷，童男已经找到，明天祭祖的事……"南霸天也放低声音："这也要问？给他们换上新衣服，来客不影响祭祖大事。"老四："我马上去办。"

南霸天和洪常青分别坐在上座。丫环端上咖啡来，还有几盘热带水果。

南霸天面前有几封信函，信封上有广东省政府、国民党广东省党部和驻军司令部的字样。南霸天放下手中的信函："洪少爷从南洋不远万里来海南，因公还是为私？"

洪常青："为古稀老母在祖籍寻一块风水宝地，待老人家百年之后，落叶归根。"南霸天："洪少爷的祖籍是海南……"洪常青："临海县洪家乡，距天涯海角八十里路。"南霸天："临海县洪家乡有一名绅洪仁志洪公，不知与洪少爷是否沾亲？"洪常青笑笑："洪某正是此公嫡孙。"南霸天站起来，惊喜地："原来洪少爷乃洪公后代，怪不得有如此大家风范、公子气度。"

洪常青："南爷对洪某祖上有所听闻？"南霸天："海南岛东海岸数百里间，谁不知道洪仁志大名，他早年下南洋，凭着经商天赋，赢得万贯家财，说他能买下半个海南岛也许有夸张之嫌，但置下万顷良田肯定易如反掌，关键是为富行义，出资购买过大批军火赠送大总统中山先生闹共和革命，对南家也有过恩泽。"

洪常青："恩泽过南家？没听爷爷说过。"南霸天："那一定是洪公不愿挟恩求报。当年我父亲也曾到南洋走动，一笔生意做赔，返乡之资都无处可寻，正是洪公慷慨解囊，使我父平安归里。洪少爷既是洪公嫡孙，南某一定要代父还洪家之情。来人。"一个丫环应了一声，跑了进来。

南霸天："告诉厨子，安排家宴，我要盛情款待洪少爷。"洪常青："南爷，洪某初次登门就……"南霸天拉住洪常青的手："南某虚长几岁，叫你一声洪老弟，万万不可推辞，否则南某会落个知恩不报的恶名。"

通往土牢的甬道上，老四提着马灯，拎着几件新衣服，哼着下流小调走过来。在木栅栏门前，他掏出钥匙打开了锁。一缕月光射入土牢。叶容和琼花挤在一起。听见锁响，叶容又叫起来："把我放出去，我不喝水银，我不当死活人！"

老四进来，笑道："小子，进了南府，还由得你吗？来，换上新衣服，明天好好给南爷当童男。"叶容躲闪着："不换，我不换！"老四一把抓住叶容："那大爷只好委屈一下了，亲自给你换。"叶容挣扎着。老四不由分说就扯开叶容的衣服，顿时，他愣住了。

叶容洁白的胸脯上挺立着一对小小的乳房，她本能地用手护住。老四顺势往她下身摸了一把，恼怒地骂着："妈的，这混蛋老鸨，让老子白忙活了大半天。"吴琼花也惊奇地看了看叶容。

叶容叫着："我不是童男，把我放了吧。"老四淫笑了一下："老子不能白耽误工夫，不是男的，女的也有用。"叶容："我没用，我只会倒大粪。"老四抱起叶容就往外走："对我你是最管用的！"叶容拼命想挣脱，可无济于事。

老四出了门，用脚把木栅栏门踢关上。

吴琼花想追上去拉住叶容，她扑到土牢门边，老四已经拽着叶容消失在黑暗中。这时，琼花才发觉老四刚才走得匆忙，没有给牢门上锁。她悄悄地打开牢门，探头向外张望，用身子顶开了木栅栏门，猛地冲了出去。

街道上，灯光昏暗。吴琼花躲闪着行人，贴着墙根，在小巷中奔跑。

月亮沉入乌云之中，田野上寒风呼啸，吴琼花跑上一条田埂，她已经弄不清东南西北，只管往田野里跑。风扑打在她脸上，泥水溅了她一身，她扑倒在泥沼里。她只觉到眼前一片昏黑，好像要死了。她跑不动，可是还得跑，她知道再次落入南霸天手中，不被灌水银祭祖，也绝对活不成，南霸天不会留下她这个仇家。她在泥沼中匍匐着，只要死不了，就跑，她忽然听到有人在号哭，好像是叶容的声音。不，是风声。像鬼叫一般的风声。她觉得有些对不起叶容，本该可以带上她一起跑的。她胡思乱想，心中十分恐怖，南霸天绝不会放过自己，她坚持着爬起来，没入一片丛林之中。

晚饭后，南府书房，南霸天从青瓷花瓶中抱出一些字画，放在条案上一幅一幅展开，让洪常青观赏着。洪常青不停地点头："果然都是名家上品。"南霸天想起了什么："对了，我这还有洪公的墨宝。"洪常青兴奋地："有爷爷的遗作？"

南霸天指了指墙上："知道洪老弟是洪公嫡孙后，我就把珍藏多年的洪公墨宝挂于醒目之处，一来表示南某对洪公的敬重，二来请洪老弟怀念祖上养育教诲之恩，洪老弟不会觉得南某唐突吧。"

洪常青："南爷真是有心之人。"他走到墙边，认真审视，然后转回身来，"中间这幅录孙逸仙天下为公四个大字，乃我爷爷真迹，笔法有力，意境丰厚，潇洒中蕴含无限功底，随意里饱含慷慨之气，而左右两幅，虽然形似，也是一气呵成，但却缺乏神韵，而且落款称呼不对，没有我爷爷的谦恭风度。"

南霸天拉住洪常青的手："洪老弟果然有洪公真传，一番良言，解开了我心头多年的疙瘩。说实话，中间那幅乃洪公亲赠南父，另两幅是南某在广州文采阁一时冲动所购，后来一直存有疑惑，看来确是被书画贩子所骗。"洪常青："现在委实赝品横行。"

南霸天："洪老弟，听说你子承祖业，依然做军火买卖？"洪常青："生意之一。"南霸天："南某有桩心事，希望能得洪老弟一解。"洪常青："不知南爷有何为难之事，只要在洪某能力范围之内，一定不遗余力。"

南霸天："南某负有维护椰林镇治安之责,但人马虽多,可枪支落后,对付些草寇尚可,若与五指山上的共匪交火,恐怕力不能及,因而想请洪老弟购买一批军火。"

南府祖祠,在黑沉沉的夜色中,像一只虎视眈眈的老虎,在夜风中屏息。逃出土牢的吴琼花出现在祖祠附近的椰林中,她蹑手蹑脚地步步迫近,只见祖祠外场的角落里,有一个看守团丁正在那里烧火暖,烤着一只鸡,鸡肉的香味阵阵飘了过来。吴琼花悄悄地摸过来,趁那团丁不备,潜入大门微闭的祖祠。祖祠的大堂两侧垂着几条黄幡,条案上点着红烛。

吴琼花背对红烛,用火苗烧断捆绑着她的绳索。她看看外面的团丁,那团丁正津津有味地吃着烤鸡,根本不注意祖祠。

琼花拿起蜡烛,转过身,开始用蜡烛点燃垂下的布幡,一边点,一边恨恨地说:"这是为了爸爸!这是为了妈妈!这是为了弟弟!这是为了被南霸天霸占的土地!"火焰升腾着,火光中,吴琼花美丽但充满仇恨的脸被照亮。祖祠被火焰笼罩。吴琼花拿着油桶,把刷木料用的桐油不停地泼进火里,她的身影在烈火中闪动。吃着烤鸡的团丁惊呆了。

南霸天和洪常青仍在交谈。洪常青:"以南爷的能力,从海南的军头警局手里搞几条枪支,应该是易如反掌之事吧?"南霸天苦笑一下:"洪老弟有所不知,军火在中国乃管制很严之物品,不能随意买卖,南某和海南军头警局确有往来,但也不过馈赠几支短枪,用来护身而已,十支以上的交易即可获重罪。"

洪常青:"南爷所需?"南霸天:"新式长枪百支以上。"洪常青点点头:"这笔生意值得一做。"南霸天惊喜地:"那就拜托洪老弟了。"洪常青从西装上衣口袋里掏出金质怀表,看了一眼。南霸天盯了一眼:"洪老弟的怀表是瑞士名牌吧?南某从未见过如此精致高雅的怀表。"洪常青:"此表乃洪家祖传,据说全世界只有五十块。"南霸天:"也只有洪老弟这样潇洒风流的公子才有资格佩戴这种名表。"

洪常青："已是凌晨时分,外面风雨将至,正是好睡时刻,洪某告辞了,按时髦的语言,谢谢南爷让老弟享受了一个美好的夜晚。"南霸天:"丫环,送客。"

突然,外面有人喊叫起来:"南爷,不好了,祖祠着火了!"南霸天大吃一惊,顿时冲出门外。洪常青也跟了出去。

院子里,人们慌乱地向外跑着。洪常青抬头看见远处闪动的火光驱赶着夜幕,小庞冲到洪常青身边:"洪少爷,有人放火?"洪常青:"镇静点,听说是南霸天的祖祠着火了。"小庞:"活该。"洪常青:"注意咱们的箱子,不要被人趁火打劫了。"

整个祖祠已经都燃烧起来,有人赶来救火。吴琼花已经被团丁抓住,捆绑起来的吴琼花被吊在木柱上,老四狠狠地用皮鞭抽打着,一道道鞭痕出现在琼花的脸上、身上。南霸天在一边看着。洪常青走过来,站到南霸天身边。

琼花用仇视的目光盯着南霸天和他身边的洪常青。老四叫着:"还烧不烧了!"琼花:"打不死就烧!"老四从地上一个盆子里抓起一把海盐,抹到琼花的伤口上。琼花惨叫一声,昏了过去。

洪常青冷冷地:"南爷,洪某一向听说南府以德政著称,怎么也改用苛政,还吊打年轻女子,实在与时尚不符呀。"南霸天一愣,随即有点尴尬地解释:"洪少爷误会,这只是下人所为,也是这丫环穷凶极恶,朗朗乾坤,居然敢放火焚烧南家祖祠,南某手下一时义愤所至。"

洪常青轻轻哼了一声。南霸天一挥手:"把这屡教不改的丫环送里面去,好好伺候,别让洪少爷看咱们的笑话。"洪常青:"洪某不敢干涉南府内政。"南霸天:"洪老弟走南闯北,理应指点南某。"

厅堂里,南霸天烦躁地走来走去。姨太太在边上劝着:"爷,已经子夜时分了,休息去吧。"南霸天:"我还有事要找老四安排。"老四走了进来。

南霸天冲姨太太一挥手:"你先去睡吧,男人的事不要听。"姨太太规规矩矩地退了出去。

老四靠近南霸天："南爷，老四有一点不明白的。"南霸天："说。"老四："南爷，对那个姓洪的那么客气干吗？给他们下点蒙汗药，绑上石头，神不知鬼不觉扔万泉河里，那一万块大洋不就改姓南了吗？"

南霸天："愚蠢！短见！我看中姓洪的不是一万大洋，而是他的军火富商身份，和其搞好关系，日后有更大的好处，看看你手下用的家伙，跟义和团似的，靠着他，就能把政府严禁的武器弄进海南岛来，有了好枪，周围几个乡镇的财主乡绅就得对我南某俯首称臣。还有，把五指山的土特产卖到南洋去，赚的钱就不是一万两万。"老四拍拍脑袋："我他妈真笨。"

南霸天："从今以后，祖祠工地派两个团丁守卫。"老四："南爷放心，再不会发生放火之事了。"南霸天："给吴琼花换上衣服，明天祭祀南家祖先。"老四："是。"南霸天："土牢要派人看着。"

已经换上绸缎衣裙但依然被捆绑着的吴琼花苏醒过来，她看见身上的新衣裙，立刻低头用牙去撕咬。

听到动静，木栅栏门露出一张团丁的脸，训斥着："咬什么咬，那是南爷对你的施舍，四爷亲自给你穿上的。想不到一个土妞，还真细皮嫩肉的。"

琼花骂着："你们这群该千刀万剐的坏蛋……"她又恨又气，一下子又昏过去。

半夜，风雨交加，台风从海上回南，风势更急更猛，大雨把浑黄的山水灌进了万泉河，平常温驯的万泉河变成一条狂桀不羁的巨龙，在同样狂啸的椰林中狂舞。狂风大作，电闪雷鸣之中，吴琼花醒了过来，她只觉得喉咙冒火，像火在烧，她扑到土牢门边，张开口，贪婪地吞咽着从门外飘进来的雨水。一道闪电，照亮了天地，吴琼花突然看见雨幕中，南府丫环小哑巴正张着双眼恐怖地向土牢里张望。吴琼花向她招手，她希望小哑巴能够帮帮自己逃出土牢，打不死就跑，她只有一个念头，报仇。什么都没有了，没有家，没有了亲人，连自己一个女儿身，也被折磨得人不人鬼不鬼，她只想自己能变成火，变成毒蛇，去烧死南霸天，去毒死南霸天。

小哑巴没有看见琼花，她消失了。

第三章

土牢里，从木栅门可以看到外面风雨交加。风吹动了瓦片，屋顶露出一些洞，雨水哗哗地流下来。竹篦笆盖着的坑边，不时闪现毒蛇绿莹莹的眼睛。吴琼花艰难地用瓷片割着绑在她身上的绳索。终于，绳索被她割断了。吴琼花挣脱绳索，猛地站起来，但因衰弱又摔倒在地。她使劲喘息了一下，再站起来。她悄悄来到木栅栏门边，向外窥视了一眼，摇晃了一下木栅栏门。

她失望地转回身，靠在墙上，低头沉思，猛然抬起头，看着屋顶漏雨的洞口，把还挂在身上的绳索拿下来，向房梁甩上去。甩了几次，绳子都挂不到屋梁上，她想了一下，将绳索一头绑上小石子，绳索终于被挂到屋梁上了。她拉紧绳索，慢慢地向屋顶攀去。

南府围墙有一坍塌的豁口，吴琼花从里面艰难地爬出来，跳到墙外。她的身影刚消失在草丛中，几个提着灯笼的团丁也出现在豁口处。

洪常青一夜未眠，想着山里的同志正等着钱饷，这风雨却阻了行程，如何是好？早上他打开窗子，见风雨小了许多，不禁有些宽心，正想唤醒小庞，趁风雨稍小，赶快上路！还有两三天的行程呢。小庞早已等候在门外，他也一夜不敢合眼。见洪常青房门一开，小庞马上走了进来："洪少爷，一切正常，只是阿旺他们几个都一夜没睡。"

洪常青见小庞也是一脸倦容，眼睛熬得通红，笑笑："你不是也熬了个通宵吗？"

有丫环端来洗脸水，摆放在凳子上。洪常青一边洗脸一边对小庞说："吃过早饭就告辞上路。"小庞："他们也是这个意思。"

又一个丫环端来早饭。洪常青便催促小庞："快招呼阿旺他们吃饭，赶快上路吧。"

吴琼花跌跌撞撞地跑着。前面，有团丁的喊叫声："把眼睛都放亮点，她现在肯定还没跑到这里。"吴琼花抱住一棵树干，喘了几口气，转身向另一个方向跑去。

土路上，到处是杂乱的脚印，雨后的土路一片泥泞。精疲力尽的吴琼花深一脚浅一脚地在土路上狂奔着。边上的山包上有正在张望的团丁看见了她，大喊起来："她就在下面，快追。"

吴琼花只有扭头向另一个方向逃去。

老四骑马赶来："你们这些蠢货，老子不来，你们就抓不住吴琼花？"团丁向他报告着："四爷，吴琼花向万泉河边上逃去了。"

万泉河畔，吴琼花已经迈不动步子，她扑倒在地上，挣扎着向前爬行。

骑马的老四出现在她身后。琼花从地上奋力爬起，抬腿又跑。老四一鞭子甩过去，打在吴琼花的手臂上，一阵钻心的剧痛。她摔倒了。老四狞笑着下了马。

吴琼花站起来，继续向前跑，但又摔倒了。老四手里把玩着一根绳索，甩来甩去："站起来，跑，快跑，我看你能逃到天涯海角去，就是逃到天涯海角，也还在南爷的手心里。"

吴琼花再一次站起来，回头看看老四，又看看滚滚流淌的万泉河水，大叫一声："我死了做鬼也要杀了南霸天！"

她用最后的力气突然一跃，跳进了湍急的河水中，顿时不见踪影。

洪常青和小庞走进南府厅堂。南霸天迎上前："洪老弟，是否嫌南某舍下简陋或是招待不周？"洪常青笑道："哪里哪里！多谢南爷盛情！"南霸天："那洪老弟何不多住两天，南某还有讨教之处呢。"

洪常青："洪某已经深感打扰了，好在来日方长，为母亲落叶归根之事，还要往来于海口和临海之间，免不了常来拜会南爷。"南霸天轻轻吐了口气："既然洪老弟执意离去，南某不便强留，来人，给洪少爷送上薄礼。"丫环抱着一个小木箱走进来。

洪常青："南爷太客气了，洪某行程匆匆，没有给南爷晋见礼，已是过失，反倒要收受南爷厚礼，实在是……"南霸天："哪里话，这些许椰林镇的土特产，不成敬意，万请洪老弟笑纳。"洪常青："那洪某无功受禄，不客气了。小庞，收下南爷厚礼。"小庞打开皮箱，把小木箱装了进去。

洪常青双手作揖，步出南府大门。南霸天也十分客气，送至南府大门外。南霸天："望洪老弟早日归来，共商购买军火大计。"洪常青："南爷放心，这于洪某也是一笔大生意，必会再登南府大门。"南霸天："要不要南某再加派十名团丁一路护送？"洪常青："康庄大道，何须兴师动众，南爷盛情，洪某心领了，请留步。"南霸天："南某静心恭候洪老弟了。"洪常青："一定。"

南霸天坐着轿子出门，两个团丁抬着轿子，周围有四个团丁护卫，还有两个丫环捧着水烟袋和茶壶。这时,老四骑马而至,见到南霸天,连忙下马。

老四:"南爷。"

南霸天:"一大早你跑哪里去了?"老四一下跪了下去:"南爷,老四该死,手下看管不严,让、让吴琼花那丫头跑了,我、我去捉拿她。"南霸天:"她人呢?"老四惶恐地:"她、她跳万泉河自尽了。"南霸天一怔,随即低声地:"把她的尸首给我捞回来,死了我也要拿她祭祖。"老四:"水太急,给冲没了。"

南霸天眼睛一瞪:"混账,没人没尸,你就敢说她死了?"老四:"我、我正让人在打捞,我、我是回来向您禀报一声的。"南霸天:"老四,活要见人,死要见尸,否则解不了我心头之恨,也没法向母亲大人交代!"老四:"我马上找渔船,上下游撒网,只要吴琼花没被鱼吃干净,就是只剩一根骨头,也把她捞上来。"

南霸天:"童男呢?"老四:"童男本来找好了,可谁知是个女的,是……"南霸天:"童男找不到,玉女又跳河,我还祭祀个屁!"老四:"风灾严重,一定有卖儿卖女的,我立马给您弄一对来。"南霸天:"午时前送到祖祠。"老四:"是。"

南霸天:"吴琼花活要见人,死要见尸!"他一挥手,抬着他的轿子离开了南府大门。

离椰林镇几十里远的万泉乡,在万泉河的中游,这是一个四面环山的乡村。万泉河将万泉乡一劈为二,河水就从乡中心流过去。河水在万泉这里有一个巨大的落差。两条峡谷在万泉这里形成一个夹角,一面巨大的石坡就在这个夹角上。从这里望去,可见万泉河浩浩荡荡流出山去。巨石坡后面是莽莽苍苍的深山老林,万泉是一个退可守进可攻的地方,地势十分险要。琼崖红军的一个师部就驻扎在万泉。

河两岸散落着竹屋草棚,墙上张贴着一些革命标语。不时有红军战士走过。几个孩子围着赤卫队长:"我们当不了红军,你就收我们当赤卫队员吧。"

赤卫队长:"去,学校读书去。"孩子:"读书不就是为了打地主老财吗?

我们现在就去打。"

王师长带着警卫员走过来："谁说读书就是为了打地主老财？让你们读书是为了将来建设新中国，建设新海南。"王师长带着警卫员走进师部，师部只有几件简单家具，墙上挂着军事地图。年轻的妇女干事符昌香穿着军装，斜挎手枪，坐在竹椅上沉思着什么。王师长走进来。符昌香连忙站起来敬礼："王师长。"王师长点点头："来啦，警卫员，倒水。"符昌香连忙说："不用客气，请王师长安排任务。"王师长："坐下谈。"符昌香重又坐下。

王师长开着玩笑："台风没把你给吹跑了。"符昌香："吹断了不少大树，有些乡亲们的草房给吹倒了。"王师长："我已经组织战士们去帮乡亲们抗灾。"符昌香："是不是需要我发动妇女进行慰劳？"王师长："你这个妇女干事果然称职，不过，你要发动的不是咱们根据地的妇女，而且白区的妇女。"符昌香："让我深入白区？"

王师长："对，这场台风给沿海一带的百姓带来的灾害会比咱们深山老林更严重，像南霸天这类地主老财肯定借着风灾鱼肉百姓，使百姓的反抗情绪高涨，师部准备派出十几个小组，到白区发动群众，宣传革命，扩大红军队伍……"符昌香兴奋地站起来："我马上出发！"王师长："别慌嘛，还要研究一些细节，比如到哪些地区，工作小组的规模多大，安全怎么保障？我想先听听你的意见。"符昌香再次坐了下来。

万泉河的几条支流在这里汇集，水面宽阔，两岸郁郁葱葱。洪常青等人坐在一条带有遮阳棚的渔船上。船老大默默地摇着橹，小庞蹲在船头观察。突然，小庞指着前方："那有一个人。"几个人从船舱伸出头来，抬眼望去，只见几十米外的堤岸上趴着一个一动不动的身躯。洪常青对小庞命令："过去看看。"脸上有胎记的挑夫："常青同志，赶快赶路吧，咱们还在南霸天的势力范围里呢。"

船老大说："一刮台风就有洪水，每次洪水都会冲下来一些尸体，有鸡鸭猪羊，有时也有人，都是上游的穷苦百姓。"

洪常青："是穷苦百姓，就更要去看看了，也许还没有死呢。"

船老大把船摇到岸边。小庞跳上岸,他惊叫一声:"是南霸天家那个丫环!"小庞把趴在河滩上的身躯翻过来,拨开她散乱的头发,露出苍白的面孔,果然是吴琼花。船老大叹息:"多好看的姑娘呀,是哪家的姑娘?真是命苦。"他摇摇头。

小庞:"一定是她逃出南府,走投无路,跳河自尽了。"洪常青俯身听了听吴琼花的胸口,又用手试了试她的鼻息。吴琼花的嘴在微微地抽动,胸脯缓慢地起伏。洪常青激动地:"她还活着。"说完,他把她抱在怀里,按摩着胸口和腹部。

一口黄水从琼花嘴中淌了出来,她微微动了一下,咳嗽了几声,慢慢睁开眼睛。她看见了洪常青的手正按着她的胸口,紧接着看见了他胸口上垂下来的怀表链子,看见了他的脸,看见自己正靠在他的怀中,顿时,她惊恐起来,继而,眼睛中冒出仇恨的光芒,她本能地去推他。

洪常青欣慰地对小庞说:"她醒过来了。"

琼花猛烈地挣扎,发狠地咬洪常青的手。洪常青只好松开她。吴琼花站起来,就向坡上跑,但仅仅跑了几步,脚下一软,身体摇晃了一下,摔倒在地,又昏了过去。

洪常青赶过去,又把琼花抱在臂弯里,看了她一眼,回头问:"有水没有?"

船老大:"有椰子,椰子水是甜的,补身子。"洪常青:"快拿来。"船老大赶快从船上拿出一个椰子,用刀砍开,递给洪常青。洪常青捧着椰子,让椰子水流进她的嘴中。

吴琼花的嘴先是合拢着,然后张开了,喝着,喝着,使劲喘了一口气后,再一次慢慢地睁开了眼睛。她又看见了洪常青,看见了他手中正往她嘴中流淌液体的椰子。

洪常青见她醒来,亲切地说:"我们不是南霸天那样的人,你可以跑,我们不会阻拦你。可你想跑到哪儿去呢?你家在哪里?"吴琼花疑惑地盯着洪常青,一声不吭。

洪常青继续问:"你和南霸天有仇?"吴琼花还是不说话。小庞上前一步:"你一定以为我们和南霸天是一样的地主老财,错了,我们是专门消灭地主老财的……"洪常青用眼色制止了小庞，和蔼地问吴琼花："你叫什么名字？"

吴琼花看看洪常青手里还捧着椰子，用舌头舔了一下嘴唇。洪常青把椰子递给她。她一口气把椰子汁喝光，然后说："吴琼花。"

洪常青："琼花，你要真的想找南霸天报仇，我告诉你一个地方，那里有一支穷人的武装，他们手里的枪杆子是专门对付地主老财的，你到了那里，他们一定会欢迎的，会帮助你报仇，消灭南霸天和他的狗腿子们。"

吴琼花："穷人自己的队伍？会帮助我消灭南霸天和他的狗腿子？"洪常青点点头。吴琼花问："他们在哪里？叫什么名字？收不收女人？"洪常青："他们在万泉河上游的五指山，名字叫红军，红军里男女平等，只要真心闹革命，不分男女，都收。"吴琼花小声地："五指山，红军。"

洪常青从衣兜里掏出两块银元，递给吴琼花："拿着，不管你逃到哪里，路上都需要。"看着银元，吴琼花不相信地退了两步。洪常青抓住吴琼花的手，把银元塞到她手心里："快走吧，南霸天不捉拿到你是不会死心的。"吴琼花再次看看银元，猛然给洪常青深深地鞠了一躬，跳下船，上了岸，向坡上跑去。

看着她的背影，小庞问："常青同志，你有心指引她当红军，为什么不带上她一同走？"洪常青："南霸天诡计多端，不能不防他又以什么借口追上咱们，要是看见他一心要抓住的丫环和咱们在一起，岂不是更加引起他的怀疑。"小庞："你说她会去五指山投奔红军吗？"洪常青自信地："肯定会。"

吴琼花沿着河边小路，跑上一片山坡。一阵微风拂来，令人心旷神怡，她停下脚步，往河中望去。只见小船上立着一匹白马，洪常青坐在船头。天下竟有这样的好人！救了人还给银元。他说的红军也听人说过，他就是红军里的人吧！小船已消失得无影无踪，琼花后悔，刚才应该跟他们一起走，现在去哪儿找五指山呢？她坐在草丛中，得好好想想，不能再莽莽撞撞，要不，光是跑，跑出了南霸天的掌心，也跑不出名堂来。她决定还是到红云村去，找红莲一起去五指山。

主意已定，她返身回到刚才路过的三岔路口。

吴琼花大步走过路口，向红云村走去。突然，她站住了，犹豫了一下，走向岔路。

村外的香蕉林中，吴琼花透过芭蕉叶空隙向红云村张望，见没什么异样，便悄悄走到村边。红莲家就在村边上。

小院里，红莲正在漫不经心地擦拭着木头人。婆婆端着鸡食从屋里走出来："看你没精神的样子！我二十多年没个男人，不也过了大半辈子。"红莲不吭声。

婆婆："我去后院喂鸡，你在这儿跟老公亲热，让村里人看着，夸你有德行，懂妇道。"婆婆转到屋后去了。

院门猛地被推开，吴琼花冲了进来，一把拉起红莲："走，跟我上山。"红莲："上山？你从哪里来？"

琼花："上五指山当红军。"红莲："当红军？"琼花："红军是穷人的队伍，能帮我报仇，杀南霸天，还男女平等，你去了那里，你婆婆就再也找不到你了。"红莲："是真的？"琼花："真的，我碰上一个恩人，是他告诉我报仇就要当红军。"红莲："他会不会是骗你？"琼花："他要骗我，就不会把我从河里救上来，也不会拿椰子汁喂醒了我，更不会给我两块银元。"琼花掏出银元给红莲看："红莲姐，南霸天正在到处找我，要抓我。我是冒着被南霸天抓住的危险，来找你一块走的，难道你还舍不得离开这个家？难道你真想和一个木头人过一辈子？"

红莲："那阿牛怎么办？"琼花："他一个大男人还不好办，等我们当上了红军，再让他上山找我们。"红莲有些犹豫，将信将疑地点点头："我去收拾东西。"琼花："还收拾什么，让你婆婆发现了，就走不成了，走吧！"她一把抓过木头人，扔在了地上，拉住红莲的手，向院门冲去。

琼花和红莲跑到村口，红莲突然停住了，对琼花说："琼花，五指山在哪里？那里真的有我们女人的活路吗？我走了婆婆怎么办？我还是不走了。"琼花愣住了，她想不到刚才那么坚决的红莲，忽然又变卦了。"好不容易才跑出来。红莲，你怎么回事？你到底走不走？反正我一定要走。我没路可走了，只有去当红军。有口饭吃，能报仇就行。"说完，她独自上路。

红莲正在犹豫，突然，前面传来一片呵斥声。琼花马上拉住红莲，躲进路边的丛林中。她们在丛林中向路上张望，可什么也看不见，只听见一片嘈杂的人声和急急的脚步声，由近及远。大路上，几个黎族姑娘被捆绑着，用绳子拴成一串，急急地赶路。五个带刀的彪形大汉跟在她们身后。

丛林中，琼花拉着红莲，诚心诚意地对她说："红莲，你想好了。这回你回去，婆婆一定不会再让你跑出来。要不我先走，到时再来带你上山。"见红莲还是犹豫不决，琼花心一狠，拔腿就走。红莲赶了上来："琼花，我跟你走。"她们穿出丛林，走到大路上，在一个拐弯的地方，冷不防又碰上了刚才那一伙人。

琼花和红莲只好站住，闪到路边，警惕地看着他们。一行人走了过去，其中一个大汉不怀好意地看了她们一眼。琼花和红莲轻轻松了口气，又向前走去。

突然，身后传来了急促的脚步声。她们没来得及回头，绳索便套住了她们。四个大汉恶狠狠地把她们捆绑起来。

南霸天站在祖祠废墟前，背对着烧黑的残垣^{yuán}断壁，似乎不忍心去看。

在强烈的阳光下，他眯着眼睛，遥望着远山，吴琼花的这把火非但没有烧灭他的野心，反而激起他将把方圆百余里地构筑得固若金汤的欲望。他在心中嘲笑吴琼花，一个小丫头，烧了一片屋这算什么能耐？不过，他喜欢这种性格，如果这小丫头没死，他南霸天倒想多方面见识见识这个女人。烧了几根梁几根柱算什么？他心中释然，这几天同时发生了几件事，几件事都来得突然，也很凑巧。洪常青突然造访，还是先人世交。吴琼花抓了跑，跑了抓，还烧了祖祠，现在又生死未卜。这些事与洪常青似乎有关系，又看不出什么关系。总之，管它好事坏事，水来土挡，没什么大不了的。倒是我南霸天也许时来运转，乱世出英雄。他正想得海阔天空，工头捧着算盘，噼噼啪啪地打了一阵，毕恭毕敬地："南爷，重新修复还得需要二百八十根木料，一千块石料和五千片瓦。"南霸天面无表情地："时间。"工头："三个月之内。"南霸天："太慢了。"工头："两个半月。"南霸天盯着他。工头低下头，一咬牙："两个月！"

南霸天："好，两个月后我来举行庆典。"工头连忙说："可、可我所报材料得三天内备齐。"南霸天："老四呢？"老四跑过来："南爷，我在。"南霸天："听见工头的话了吗？"老四："听见了。"

南霸天："两天之内，把修复南家祖祠所需材料全部给我拉到这里。"老四："现去砍木头、采石头、烧瓦是来不及了……"南霸天："你会想出办法来的，刚才祭祖用的童男玉女你不就轻而易举找来了吗？你武功超人，脑子也不应该比常人笨。"工头："四爷，台风刮倒的房子有不少上好木料和基石，没有损坏的瓦片也很多，找人搬运就行了，南爷需要，谁敢阻拦。"南霸天："老四啊老四，你整天跟着南某，就没一点长进？还不如一个工匠机智。"老四："老四明白了。"南霸天："明白就快点给我去办！"老四："是！"但他没走，而是凑到南霸天身边，低声地："南爷，还有件事向您禀报。"南霸天："说。"老四："昨天夜里发现有共匪在海村一带活动。"南霸天一愣："真有此事？"老四："我和他们交上火了，幸亏他们人不多，被我打跑了。"南霸天沉思了一下："去召集你的手下，我要布置防范事宜。"

山林中，几个黎族姑娘和琼花、红莲她们被串在一起绑在一棵大树上，为首的大汉把琼花和红莲嘴中堵着的破布掏出来。琼花立刻大叫起来："救命呀，抢人啦！"

大汉笑笑："使劲叫，告诉你，把嗓子叫破了也没人听见，有人听见也没人敢来救你。"说着，他还狠狠地踢了她一脚。大汉用竹筒给每个姑娘喂了一口水，然后坐到不远处另几个大汉边上，掏出糯米团吃起来。

琼花看看边上身材丰满的黎妹阿菊，问："他们抓我们要干什么？"阿菊说："卖到广州去。"琼花一愣："卖到广州去？"阿菊点点头。琼花："卖到广州去干什么？"阿菊："说是伺候许许多多的男人。"琼花："那不就是进了椰香院吗？"红莲啼哭起来："我真是命苦啊，好不容易离开了木头人，以为出了狼窝，没想到又要进虎口……"琼花用肩膀拱了红莲一下："红莲姐，哭有什么用？想办法逃。"

山里天黑得早，说黑就黑了。四个人贩子把姑娘们赶进路边一个看山人的草棚屋里，他们在棚屋外烧起一堆炭火，给姑娘们每人烧了一个木薯，姑娘们吵着要松绑。"不解开绳子，怎么吃木薯啊！"人贩子只好给她们松了绑，待她们吃完了又重新捆上。

夜很静，吴琼花在心里恨得咬牙切齿。她本不是一个仇恨的人，这短短几天，家破人亡，报仇不成，出了狼窝，又入虎穴，她始终想不明白，这世道究竟怎么啦！红军也不知在哪里？要跑也跑不了。

即将熄灭的塘火发出微弱的亮光。姑娘们还是被捆绑成一串，横七竖八地或躺或坐在稻草上，有的已经睡着，有的呆呆地望着屋顶。押解她们的大汉挡在门口处，酣然大睡，发出呼噜声。琼花悄悄翻身，趴到红莲身上，示意红莲别动，然后挣扎着凑到塘火边用炭火烧着绳子。红莲小声地："行吗？"琼花："我放火烧南霸天祖祠就是先用火烧断绑着我的绳子。"

阿菊看到琼花的举动，也翻身趴过来，烧着胳膊上的绳子。

一个大汉突然哼了一声，坐了起来。吓得琼花和阿菊一动不动了。大汉又躺了下去，鼾声更响。琼花和阿菊继续烧着。她们的手腕和绳子一同冒出了黑烟。

草棚外一边是水田，一边是树林。四野无声，到处黑黝(yōu)黝的。一个大汉坐在一小堆篝火边，怀里抱着大刀，昏昏欲睡。草棚内，琼花和阿菊终于把手上的绳子烧断了。琼花用舌头舔了舔受伤的手腕，反过身就来解红莲身上的绳子。阿菊也开始给其他姑娘解绳子。

篝火将熄，夜色沉重。篝火边上的大汉终于身子一歪，倒在地上睡去。所有姑娘身上的绳子都被解开了。琼花摸起了什么东西，不动声色地揣进怀里。阿菊悄悄向前走去，迈过一个又一个大汉的身体，终于到了门口。其他姑娘也小心翼翼地绕开大汉。阿菊慢慢拿开门上的门闩，猛地推开了门。

她没有发现，门角有一根绳子连在为首的大汉胳膊上，门一开，那绳子把大汉的胳膊也拉了起来。大胡子一下子惊醒过来，狂呼着："姑娘要跑！"所有大汉纷纷跳了起来，横刀堵住了门口。只有阿菊冲出了门，但守夜的

　　大汉闻声赶到，用长刀对准了阿菊的胸口，把她又逼了回来。大胡子冷笑着："没设下保险，我敢躺下去做梦？在我手里过了上百个姑娘了，还没一个能从我眼皮底下逃走的。都绑起来，绑结实点。"

　　一个黎族姑娘想挣扎，胳膊上挨了重重的一刀背，她摔倒在地。看看四周，琼花没有做出反抗的举动。三个大汉用刀威逼着，两个大汉把姑娘们重又绑了起来。守夜的大汉问："老大，该换班了吧？"大胡子："换鬼班，夜长梦多，马上走，天亮前就到海边交货！"

　　海边，一艘渔船停泊在海上，距离海滩有十几米远，一块踏板伸了下来。大汉们押着一串姑娘走到海边。红莲和几个姑娘放声大哭起来："我不去广州。""到了广州我就撞死。""这些该死的人贩子！"

　　琼花低声地："你们就会哭，不是还没到广州吗？我们还要逃，就是到了广州，我们也要逃！"阿菊哀叹："逃回去，不知道哪天又被人贩子给抢了。"琼花："五指山上有一支穷人成立的队伍，专门杀地主老财和欺负女人的人,到了那里,我们手中也有了刀枪,就不怕被人抢了。"阿菊:"我也听说有这么一支队伍,可、可天一亮,船就把我们给运到广州去了。"

琼花:"趁天还没亮,逃!"阿菊晃晃被绑着的胳膊:"怎么逃?还用火烧?可这里没火了。"琼花:"红莲姐,背过身子,摸我的怀里。"红莲疑惑地背过身子,用绑着的手在琼花怀里摸着。琼花:"往上一点。"红莲从她怀里摸出了一把破镰刀。阿菊惊喜地:"镰刀,你哪来的?"琼花:"刚才在草棚过夜时从草堆里捡的。"红莲不再哭泣,背着身子用镰刀把绑着琼花的绳子割断。

没有了束缚的琼花抓过镰刀,迅速地把所有姑娘身上的绳子都割断了。琼花问:"谁胆大?"阿菊一下子站出来:"我。"琼花:"咱们先上去。"

海滩上静悄悄,只有一个汉子在船头转来转去。琼花和阿菊从底舱钻出。汉子向她们走来。两个姑娘趴在了一块渔网下,一动不动。汉子又转了回去。琼花把镰刀交给阿菊,自己抓起渔网,小声说:"我罩住他,你把他打昏。"阿菊点点头。

琼花蹑手蹑脚摸过去,猛然把渔网扣住汉子。汉子的头从渔网的破口处露了出来,但手脚都动不了。他刚要张嘴喊叫,阿菊扑上来,一镰刀就割断了他的喉咙。琼花惊讶地看着阿菊:"你真厉害!"阿菊轻松地:"跟着阿爸在黎母山上打猎,碰上野猪和猴子,都是这么一刀。"

琼花快步跑到底舱口,打开舱盖,把姑娘们一个个拉了上来。她们来到船舷,踏板已经不见了。琼花小声地:"跳下去。"红莲:"我、我不会游水。"琼花二话不说,抱起红莲就跳了下去。黎族姑娘们也一个个跳了下来。海水淹没到姑娘们的脖子,她们向岸边冲去。

海潮涌来,有姑娘惊恐地叫出了声,海水淹没了她们。海潮退去,人影又冒出来。有人出现在船上,四处张望并大叫起来:"姑娘都跑了,快出来追呀!"甲板上一下涌出了七八个人影,纷纷跳下船。姑娘们冲上了沙滩。琼花喊着:"往树林里逃!"红莲摔倒了,琼花拉起她就往防风林里跑。

追赶的人也上了岸,还开了枪。姑娘们四散逃着。一个姑娘被抓住了,大声啼哭。琼花和红莲手拉手消失在树林中。

四周是高山和密林，附近有散落的竹屋和草棚，有一队红军战士在训练。几面红旗下摆放着一张方桌，后面树立着一块大牌子：红军招兵处。一些男青年在报名，几个红军干部坐在桌边登记着。阿菊和两个穿着黎族服装的少女围着一个女干部在争吵。

阿菊："黎族也是受苦人，也要当红军。"女干部："这个我知道，可你们是少数民族，我们要慎重考虑。"阿菊："我们是死里逃生从人贩子手里逃出来的，反正我们是不回去了。"一个黎族姑娘："我们回去也要再被人贩子抢走卖到广州去，给汉人当猴子耍。"阿菊推了同伴一下："是给坏汉人当猴子耍。"

王师长正好走过来，拍了拍阿菊的头："你这个小黎妹还很有觉悟嘛，说得对，欺负你们黎族的只是汉人里的坏蛋，也就是地主老财之流。小张，我看可以收下她们，我们党从来都是依靠全中国各民族受压迫的人民一起革命嘛。"女干部："是，我马上给她们办手续。"

阿菊跳了起来："当红军喽，再也不受坏人欺负喽！"符昌香带着十来个妇女匆匆赶来。符昌香向王师长敬了个礼："报告师长，妇女干事邢云完成任务，还带回十一个自愿参加红军的妇女。"王师长："你来得正好，走，到师部去谈。"符昌香冲女干部一笑："小张，这些姐妹就交给你了。"

师部，王师长握着洪常青的手："我算着你该回来了。再不回来，我这一个师几千战士的肚子要闹空城计了。"洪常青："请后勤部长来清点款项吧。"王师长："警卫员，把后勤部长叫来。"警卫员："是。"

王师长："让他们清点吧，咱们出去走走，你也看看咱们根据地的新气象。"洪常青："我这段时间整天端着个少爷的架子，真是累坏了，回到了自己家，也该恢复一下红军战士的身份，轻松轻松了。"王师长："你走的时候可是说要恢复你南洋阔公子的形象来着。"洪常青："那不是为了给自己壮胆嘛！"两人大笑起来。

他们沿着通往山坡的小路走，夕阳把满山的红杜鹃映照得红彤彤，远近的山峦，到处是繁花怒放的凤凰树。有人在唱："五指山上飘红云……"

洪常青和王师长在夕阳中边走边聊。不时有一些年轻女性从他们身边走过，发出清脆的笑声。

洪常青："师长，我走的时候好像没这么多女同志啊，是不是要召开苏区妇女代表大会了？"王师长："这是扩红的胜利成果。"洪常青惊喜地："她们都是红军战士？"王师长："对，我们已经决定成立琼崖独立师娘子军连。"

洪常青："太好了，当代花木兰！这说明我们的队伍在扩大，革命影响深入人心，可惜我没能把这个情况向省委领导汇报。"王师长："我们会通过秘密交通员把海南苏区的发展情况传递给省委的。"洪常青："省委通过特殊方式让这消息刊登在报纸上，全国都会很快知道海南有一支红色娘子军连。"

王师长："看来你很赞同成立娘子军。"洪常青："那当然了，看着受苦的姐妹成为了革命战士，任何一个有共产主义信仰的人都会支持。"

王师长站住了："要是派你去娘子军担任党代表呢？"洪常青一愣："和一群年轻姑娘整天在一起，恐怕……"王师长："常青同志，你这是……"洪常青解释着："我是说派一个女同志去能更好地开展工作。"王师长严肃地："要是组织上已经决定了呢？"洪常青一个立正："那我坚决服从！"王师长："好吧，你先去娘子军连报到，我知道一个大男人和女人打交道不容易，话又说回来了，容易的事我能交给你吗？再说干容易干的事也不是你洪常青的性格。这样吧，你去试试，实在有困难了，给我打报告，我再考虑别人。"

山村墟日，吴琼花和红莲走集市。几个山民把香蕉、粽子和木瓜放在竹篓上摆着卖。红莲看着那些食品，咽了下口水。琼花摸出银元，向山民走去，但看着手中的银元，她又停住了，考虑了一下，把银元收起来，转身拉着红莲就走。琼花和红莲钻进木薯地，两人连挖带拔，从地里拽出一根长长粗粗的木薯。琼花把它掰成两半，和红莲一人一截，啃了起来。

琼花和红莲走到一个三岔路口，疲惫地坐了下来。红莲："应该是中间这条路。"琼花："我看是左边的才对。"红莲："还是等个人问问吧，跑了一天路,累坏了。"

黎族老猎户扛着猎枪挎着砍刀走了过来。琼花一下子跳起来:"阿伯,上五指山是走哪条路?"老猎户:"你们上五指山是去苏区吧?"红莲:"苏区?什么是苏区?"老猎户:"就是苏维埃管辖的地区。"琼花:"我们不去苏区,我们是去找红军。"老猎户笑了:"傻姑娘,苏维埃就是红军的地盘,走中间这条路,明天就能到了。听说那里成立了一支女人的队伍,正招兵买马呢。"

琼花拉起红莲就跑,跑了两步,才想起回头,喊了一句:"谢谢阿伯。"

老鸨房间,老四提着叶容走进来,一下把她扔在地上。老鸨一愣:"四爷,怎么啦?不用她当童男了?"老四:"你敢拿个小妞蒙我,我可不敢蒙南爷。"老鸨尴尬地笑着:"我、我不是看四爷着急,就……"

老四:"我又给南爷找了一对,把南爷祭祖的事办了,这小妞我没地方放她,还给你。不过,你四爷尝了个新鲜。"老鸨为难地:"那、那我不是赔了吗?没法向南爷报账啊。"

老四:"别跟我说赔了赚了的事,我只负责你这里有没有人闹事,有没有姑娘逃跑。不过,四爷我倒是可以给你出个不赔的招数。"老鸨:"四爷指点。"老四小声地:"这小丫头挺清秀,把她卖到山里,给那里的土财主做小不就行了,保证不赔还赚。"老鸨:"四爷果然高明。"

叶容厌恶地闭上了眼睛。

吴琼花和红莲蹲在溪水边洗脸。琼花站起来:"红莲,快点,山民说今天娘子军就成立了,去晚了,赶不上。"红莲也站起来,两人蹚过没膝盖的流水,向上坡上奔跑。

天将黎明,师部操场上,两根木柱上挂上了横幅:中国工农红军琼崖独立师娘子军连成立大会。操场周围飘扬着红旗,树干上贴满了标语。一排全副武装的红军战士警戒着。

赤卫队员和儿童团员开始进场。

主席台上,红军女干部邢云宣布:"请王师长向娘子军授旗!"身穿军装的连长符昌香昂首挺胸走上台来,向王师长敬礼。王师长把娘子军军旗交给连长,连长高高举起了娘子军军旗。台下的妇女一阵欢呼。邢云高声地:"娘子军连接受检阅。"

村口大树下,两名哨兵拦住了吴琼花和红莲的去路:"站住,干什么的?"琼花喘着气:"你们是红色军吗?"哨兵捂嘴一笑,但马上严肃地:"中国工农红军。"

琼花:"那就对了,我们是来投奔你们的,我们要参加红军的娘子军,快收下我们吧。"哨兵打量着琼花和红莲,小声对同伴说:"你看她们穿得不像穷人。"同伴:"得好好盘问一下。"哨兵:"你们从哪里来?"琼花:"椰林镇。"哨兵:"椰林镇?是不是南霸天派来的奸细?"

琼花:"我们才不是奸细呢,我跟南霸天有仇,有一个阔少爷告诉我当红军就可以杀南霸天报仇。"哨兵大笑起来:"阔少爷会告诉你这种话?别骗我们了。"琼花:"是真的,他是阔少爷,可、可他是好人,是、是我的恩人。"哨兵一瞪眼:"阔少爷是你的恩人,那我们这些穷人就是你的仇人了!"琼花一时哑口无言。

娘子军连扛着老式步枪、梭镖列队走出了会场。王师长和穿着军装的洪常青及连长一同下了主席台。

王师长:"符昌香同志,我给你配的这个党代表可是我最得力的干部,有文化、有觉悟、有经验、有能力,只是对带领女人上战场还有点想法,你这个做妇女工作出身的要好好帮帮他,越严厉越好。"连长:"对看不起女人的男人,我从来都毫不客气。"

洪常青:"我还没上任就成了斗争对象了。"王师长:"你已经上任了。连长,你先走,我还得交代他几句。"连长敬了个礼,追赶娘子军去了。

红莲噙着眼泪对哨兵说:"求求你们,让我们去当红军吧,我们是跑了一百多里路赶来的。"哨兵:"不行,不说清楚你们的来历,不能进去!"红莲:"是不是跟古时候赶考一样,晚了就……"

这时,身穿五颜六色各式服装的娘子军远远地出现了,大个子高举军旗,显得很威风。琼花惊喜地:"娘子军!"她拉着红莲就往前冲。哨兵:

"你们给我回来！"

琼花和红莲不理。哨兵急了，用枪指住她们。琼花把枪一拨。哨兵的手扣动了扳机，枪响了。琼花吓了一跳。红莲干脆捂住耳朵蹲在了地上。哨兵也愣住了。

正行进过来的娘子军女战士们看热闹般地围拢上来，议论着："开枪了！""没有坏人呀。"

阿菊发现了琼花和红莲，扑上来："你们可来了！"琼花叫着："阿菊，你当上红军了？"阿菊兴奋地："是啊！我熟悉山路，跑得比你们快。"赶来的连长高声地："我没下命令，谁让你们停止前进的？列队。"女战士们有的去站队，有的还围着琼花和红莲。连长问着哨兵："为什么开枪？"哨兵一指琼花和红莲："她们闯哨，我阻拦，走火了。"

连长发现了琼花和红莲："喂！那两个老百姓，请离开队伍，进根据地必须接受检查。"琼花和站起来的红莲一动不动。连长来到琼花和红莲身前："说你们俩呢。"琼花："说我们？我们不叫老百姓，我叫吴琼花，她叫符红莲。"女战士："看她们穿戴的模样，一定是地主家的小姐，来看热闹的。"琼花愤怒地："谁是小姐？谁来看热闹？我们是来当红军的！"

连长严肃地："我们娘子军是穷苦女人的队伍，有钱人家的小姐暂时不考虑。"琼花激动起来："我就是穷苦女人，我、我和地主老财有天大的仇恨！南霸天为了抢占我家的地盖祖祠，杀了我爸，杀了我弟，逼死了我妈，还要把我灌上水银祭祖，我一次又一次逃跑，他一次又一次把我抓回去，吊在树上用鞭子打，我和有钱人有血海深仇！你们不能就凭我穿了身小姐的衣服就说我是小姐，这是南霸天要拿我祭祖，趁我昏迷的时候强迫给我穿上的，你们要因为这身衣服不收我，那、那我马上脱了，烧掉它！"女战士们看着琼花胸口、肩膀上的累累伤痕，情不自禁地围拢上来。红莲流着泪："我这身好衣服是我婆婆为了她儿子让我天天穿着的，她儿子是个木头人，婆婆说我穿着好衣服，能给她儿子招魂，还可以给她家避邪。"阿菊挤到前面来："报告连长，她俩和我们几个黎家姑娘一块被人贩子抢走，要卖到广州，是她带我们逃出虎口的。"她指指琼花。

王师长和洪常青带着几个端枪的男红军战士跑来。王师长："谁打枪？"连长一个立正："报告师长，是两个老百姓闯进来，哨兵走火了。"王师长："把她们抓起来！"洪常青一眼看见了琼花，连忙拦住要冲上来的男战士："这可不能抓。"他笑着对琼花说："吴琼花，我没骗你吧？我也知道你一定会来的。"

琼花瞪大眼睛看着洪常青："你就是那个阔少爷？"连长："什么阔少爷，他是我们娘子军连的党代表。"琼花："党代表，一定是大官，你让这个女官收下我和红莲当红军吧。"琼花拉着红莲就要下跪。

洪常青拦住她们，回头对王师长说："这个吴琼花就是我跟你讲的南霸天家里那个宁死不屈的丫头，是个苦大仇深的女孩子。"王师长："琼花，你敢烧南霸天的祖祠，敢不敢杀南霸天？"琼花咬着牙："只要他站在我面前，咬，我也要咬死他，掐，我也要掐死他！"王师长点点头："好样的，我们娘子军就是需要这样的女同志。"

洪常青："连长同志，吴琼花和红莲正式加入娘子军！"连长："吴琼花、符红莲，入列！"琼花和红莲愣愣地站着。洪常青："叫你们入列就是让你们到队伍里去。"阿菊冲琼花招着手："快过来呀。"

琼花："收下我们了？"洪常青点点头。琼花给王师长、洪常青和连长一齐鞠了个躬，抹了一把脸上激动的泪水，一甩长长的辫子，拉着红莲走进了娘子军的行列。

连长："全连注意，继续行进，齐步——走！"

第四章

椰林镇椰香院,老鸨坐在方桌前,点着桌上的一堆大洋,阴影里边站着一个矮小的男人。老鸨让人将叶容带进来,这个矮小的男人带走了她。走之前,老鸨凑到矮男人耳边:"你要从匪区过,可得小心点,丢了跑了,我可不负责。"

黄昏的时候,矮男人赶着一条黄牛沿小路走了过来,牛背上驮着一个口袋。他贼头贼脑地东张西望,不时用手摸摸口袋。坡下,阿菊抬头看见了矮小男人和牛,笑着说:"咱们刚搬来,就有人来支红了。"

矮男人一声不吭,只顾朝前走。红莲从密林中钻出来,刚好来到黄牛前面。黄牛背上的口袋扭来扭去。红莲好奇地问:"里面装的什么?"矮男人慌张地回答:"大米。"红莲:"大米会动?"矮男人:"是牛在动。"矮男人头上冒汗了:"真的是大米,刚才哨兵检查过了,我有村苏维埃的路条。"一位女战士从路边捡起一根木棍,厉声地:"别废话,打开!"矮男人只好磨磨蹭蹭地打开了口袋。

琼花惊讶地:"啊!是叶容!"叶容从口袋中冒了出来,她被捆绑着,嘴里塞着破布团,一边剧烈挣扎,一边咿咿呀呀地发出声音。琼花上去就给了矮男人一个耳光,骂着:"这就是你贩的大米?黑了心的坏蛋!"矮男人跪在了地上:"红军大人,她是我从山下娶的老婆,我怕、怕让土匪抢了,才把她装口袋里藏的……"

琼花迅速地给叶容解开身上的绳索,掏出嘴里的布团。叶容想站起来,可浑身麻木,一下子瘫软在地上,但嘴里嚷着:"他是人贩子,他从妓院老鸨那个臭女人那花200块大洋买了我,要到山里再把我卖300大洋。"琼花瞪着

·45·

矮男人："贩卖人口,欺负女人,把他拉回去斗争!"

连长提着手枪跑了过来,皱紧了眉头："哨兵是干什么的!一点警惕性都没有。回来好好做检查!"叶容趴在琼花怀里哭着,红莲等几个女战士围在边上。

琼花抚摸着叶容的脊背："不要哭,这里有红军给你做主,我们都是你的姐姐,再没有人能欺负你了。"叶容："红军是干什么的?"琼花："红军是专门消灭欺负你的那些坏人的。"叶容跳起来："我也要当红军,我要打老四,找老鸨报仇!"

琼花和红莲将叶容带回部队,向洪常青和连长说明情况,于是叶容也正式成为娘子军中的一员。

琼花和红莲在村口放哨。黎族老猎人走了过来。琼花端起枪："站住,检查。"红莲捅了琼花一下："这个老人家是给咱们指过路的。"琼花："连长说了,不仔细盘查,谁也不能通过,前两天放过人贩子的哨兵不是都做检查了吗?"黎族老猎人拿出路条。琼花说："红莲姐,我不认识字。"红莲拿过路条看了看："我只认得红圆圈里的五角星。"琼花："老伯,我们不认识字,让我们搜查一下身子。"黎族老猎人笑笑："你这个丫头真厉害,搜吧。"琼花伸出手。黎族老猎人："轻点,我怕痒。"红莲好心地："老伯,轻点更痒。"

连部,连长正在缝着八角帽。洪常青走了进来,把手枪挂在墙上。连长咬断线,把帽子放在桌上："戴上试试吧。"洪常青拿起帽子,戴在了头上："挺合适,谢谢你,要不连我这个党代表都军容不整了。"

连长："我明白你的意思,得想办法搞一批布做军装。"洪常青："附近都是穷苦百姓,只能打椰林镇的主意。"连长："我派几个人下山摸摸情况,有可能就打南霸天开的布店。"

村口,红莲叫着："又来人了。"琼花从椰子树上滑下来："早看见了,是有钱人。"话音未落,一顶轿子抬了过来,上面坐着打扮时髦的女郎,后面一匹马上坐着穿西装的先生。琼花大喝一声,端起步枪："站住,检查!"

轿子放下了,女郎迈出来,激动地："你们就是红军同志吧?"琼花拉了一下枪栓："别动,谁是你的同志？"先生跳下马："我们是来投奔红军的。"

琼花学着连长的腔调："我们不收有钱人家的小姐少爷。"女郎不满地："有钱人家的小姐少爷怎么啦？不许背叛家庭,参加革命吗？马克思、恩格斯都是有钱人家出身。"琼花："我不认识姓马的,百家姓里根本没姓恩的。"女郎疑惑地："你们是不是红军？"红莲："当然是。"女郎："是红军怎么不知道共产党的老祖宗马克思和恩格斯？"先生解释着："我们是中共广东省委介绍来的,在广州,我们见过洪常青同志,他让我们来五指山苏区的。"

红莲："是党代表同意他们来的,琼花……"琼花生硬地："把眼睛都蒙上,两手高高举着,我带你们进去见党代表。"

先生："我们又不是坏人。"女郎："听她的,反正见了常青同志就都明白了。"

女郎和先生坐在连部。连长给他们拿来两个椰子。门口围着一些看热闹的女战士,小声议论着。阿菊："她穿得真漂亮。"女战士："还戴着金链子呢。"另一个女战士："她的鞋子有好高一个跟,怎么走路呀？"

洪常青拍拍琼花的肩膀："好,琼花同志的警惕值得表扬,以后一定要坚持。你眼里的小姐少爷呢,是漂洋过海从南洋归来的华侨,专门回国参加革命的,广东省委的同志已经考察过了,我也跟王师长汇报过。这位女同志叫雅琴,她就留在娘子军,男同志叫林风,他是医生,过两天到师部医院去。现在就安排在一班吧。"叶容小声地："坏了,让我们班伺候小姐。"

连长和提着行李的雅琴走过来。女战士们都站立起来："连长。"连长向雅琴介绍说："她们都是一班的,以后你就和她们生活战斗在一起了。"雅琴向她们伸出了手。没有人回应。连长解释："她们都是农村姑娘,还不习惯握手,好,你收拾床铺吧。"

祖祠工地,大殿已经基本完工,高高的院墙也围了起来,工匠正在进行最后的油漆和粉刷。

南霸天从大殿里走了出来,叫着："老四。"老四跑了过来："南爷,有什么吩咐？"南霸天："运输队组织得怎么样？"老四："已经征集了八匹马、十头牛和六个人。"南霸天："作为一个小队编入保安团，以后还要逐步扩大成中队。"老四："是。"

南霸天："首次运送的是一批香樟木和布料，是祖祠急需之物，都是黎母山的黎王奥雅赠送给我的。速速把它们给我运回来。"老四："我马上去办。"

连部，洪常青正在精心擦拭着自己的金怀表。连长兴冲冲地走了进来，往他对面一坐："常青同志，把你这私有财产卖了，能给娘子军每个女战士置十套军装。"洪常青笑笑："到了万不得已的时候，也只有如此。"连长："你……"门外一声报告，打断了连长的话。洪常青："进来。"

雅琴押着被蒙上了眼睛的阿牛走了进来。琼花和红莲跟在后面。红莲急得不知说什么好。琼花："报告连长、党代表，他叫阿牛，是我们村的受苦人，是、是红莲的……"红莲赶快捂住琼花的嘴。

洪常青示意雅琴解下阿牛眼睛上的布。阿牛揉揉眼睛："红莲是我未婚妻。"连长不高兴地："红莲是红军娘子军的女战士。"阿牛："那我也当红军。"

洪常青："你就是为了和未婚妻在一起才来当红军吗？"阿牛："是，不、不是，我是要打地主老财才来当红军的。我、我不愿意给南霸天当团丁，我不愿意给他运送木头和布料，偷偷逃跑上山来找红军。"

洪常青："运木头和布料？"阿牛："是，在山根村，今天往椰林镇运，给南霸天修祖祠用。我夜里趁他们不注意，就悄悄跑了。"琼花："你为什么不放把火再跑？胆小鬼！"洪常青一挥手："你们先出去吧，我和阿牛好好谈谈。"

阳光绚丽，空场上，短发整齐如一的娘子军扛着各种武器列队集合。连长和洪常青站立在前方。连长："同志们！"女战士们全体立正。

连长："稍息。我们刚刚从一个投奔红军的村民那里得到准确消息，南霸天手下十二个团丁和八个运输队员押送一批贵重木料和上好布匹要经过五指山脚下，我们派出的侦察员也证实了这个消息，连里决定，马上在团丁必经之路进行埋伏，消灭团丁，夺取木料和布匹！具体部署是，一排二排打埋伏，三排监视椰林镇方向的敌人，以防南霸天增援。"女战士们欣喜地小声议论着："要打仗了。""我早就想打了。""我们这么多人，打十二个团丁还不跟砍竹子似的。""一人一枪就把他们打成筛子了。""我们一块大喊一声,他们就吓得尿裤子。"

洪常青向前迈了一步,挥手示意大家安静下来。女战士们看着洪常青。

洪常青严肃地:"这是我们娘子军成立以后的第一仗,一定要打好,打出娘子军的威风来,打出被压迫女人的斗志来。这些布匹是我们夺来做军装的,贵重木料可以换成经费,一点都不能给敌人剩下!我带一、二排伏击敌人,连长带三排打阻击,千万记住,不要恋战,打完就撤!"连长命令:"出发!"

山谷,一条小河伴着土路流淌,两面山坡上都是郁郁葱葱的树木。土路从小河上穿越,河上架着一座狭窄的木板桥。阿牛和几个女战士从山坡下跑下来,到了桥边。桥上,女战士端枪监视着四周。阿牛跳到一人深的河水中,用锯子从桥下面锯完最后一块木板后,小桥边已经空无一人。女战士们趴在草丛或蹲在大树后面,注视着远处。

土路拐弯处,有人影出现了。几匹马,十几条黄牛,背上驮着木料和布匹,在十几个团丁的押送下,慢慢地走来。

洪常青压低声音,要大家警觉,听候命令。

众团丁离小桥越来越近了。女战士们紧张地注视着。叶容惊喜地:"上去了,扑通……"

一个瘦小的团丁走上了小桥。小桥没有丝毫动静。红莲骂起来:"该死的阿牛,没把木板锯断。"琼花不由分说,举枪就扣动了扳机。枪声响了起来。洪常青冲琼花低吼:"谁让你开枪了!"见有人开枪,女战士纷纷开火。

小桥上,团丁们惊惶地叫起来:"有共匪!快跑!"团丁们穿着布鞋的大脚踏上了桥板。桥板咔嚓一声从中间断裂了。几个团丁一同掉在了水中。

琼花一枪接一枪地打着,子弹壳跳出一颗又一颗。别的女战士也不停地开枪。洪常青制止:"节约子弹!"可没有人听他的。红莲哆哆嗦嗦地扣不动扳机,最后,她抱着枪,捂住了耳朵。

终于,琼花的枪里打不出子弹了,她干脆跳起来,端着枪就往下冲。女战士们纷纷跳起来,一边往坡下冲,一边大喊大叫着:"冲啊,坏蛋掉河里

啦!""缴枪不杀,快投降吧!""红军优待俘虏!""你们跑不了啦!"洪常青也只好跟着女战士们从树后冲了出来。

几个掉在河水中的团丁,枪也顾不得捞,爬上岸就跑。没过河的团丁纷纷往河里跳。一个团丁想开枪,没想到被一条惊了的牛给撞翻在地,子弹不知打到哪去了。阿福开了两枪,看见一群女人端着枪举着梭镖蜂拥而上,吓得爬到一条牛背上,使劲拍打着牛屁股。黄牛打着转转,就是不过河。

阿福只好从牛背上向前一蹿,一头扎进河里。琼花向前一扑,把逃到河里的阿福按在水中。阿福翻过身来,倒把琼花按在了水里。琼花喝了两口水,猛然抬头,咬住了阿福的胳膊。阿福见是琼花,大惊:"吴、吴琼花,你是人是鬼?"琼花怒喝:"见了坏人我就是鬼!"阿福发疯一般蹿上岸,一溜烟蹿进丛林中。

河这边,洪常青冲了过来,连开几枪。他叫着:"用步枪打,我的手枪够不着他们了!"拿步枪的几个女战士纷纷举枪扣动扳机,但没有人的枪口

中飞出子弹。琼花扔下步枪,往前追。

洪常青高叫:"吴琼花,回来,打扫战场,
撤退!"女战士们眼睁睁地看着最后几个团丁消失在土路的尽头。

小桥边,只有牛马和几支扔在河边的步枪。

卧室里,南霸天正拿起茶壶吸住壶嘴。老四在门口喊了声:"南爷,坏了。"

南霸天:"进来说。"老四带着阿福走了进来。南霸天:"怎么啦?是不
是王财主给的货不够数?"老四把阿福往前一推:"自己说。"阿福:"南爷,
木料和布匹都让女共匪给劫了。"

南霸天眼睛一瞪:"你说什么?"阿福:"几百女共匪,长枪短枪机关枪
把我们团团围住。"南霸天:"真是女共匪?"阿福:"是真的,里面还、还、还
有吴琼花。"南霸天的眼睛瞪得更大了:"你说还有谁?"阿福:"吴琼花,她、
她还咬了我一口呢。"南霸天一下子把手中的茶壶摔到了地上。

月色朦胧，山影模糊。娘子军战士赶着牛马，快速行进着。走到一个三岔路口，洪常青站在一边，指挥走在前面的琼花："往左边走。"琼花诧异："党代表，到达我们的驻地要从右边走呀！"洪常青："为了防止敌人报复、袭击，我们要转移到另一个地方驻扎。"阿菊："敌人不敢，就像我们黎家人打了糟蹋庄稼的野猪，起码一个月野猪再不敢来。"洪常青："敌人可不是野猪。"

　　朝曦微露，山间营地，娘子军列队站立，她们前面堆放着布匹和木料。叶容靠在琼花的肩膀上，昏昏欲睡。连长大声地："同志们！"女战士们立正。叶容一下子摔倒在地，她连忙爬起来。连长："稍息。"她扫视了大家一眼，威严地："想睡觉了？不庆祝胜利吗？我问你们，昨天的战斗，你们消灭了几个团丁？你们抓了几个俘虏？"女战士面面相觑，没人回答。

　　连长："你们那叫打仗吗？纯粹是女人闹事！"琼花不服气："报告连长，我们打了，就是子弹太少，要是子弹多点，我肯定能消灭几个团丁。"连长更恼怒了："子弹少？有枪的战士每人有五发子弹，和主力部队的战士一样多，师部规定，每三发子弹至少要消灭一个敌人，你们呢？当爆竹听响了。"

　　连长走到女战士面前，拿过枪，拉开枪栓："空的。"她又拿过一支枪，拉开枪栓："还是空的。"一连拉了五支枪栓后，她拿起红莲的枪，拉开枪栓，里面露出了子弹："好，总算还有红莲同志懂得节约弹药，没把娘子军的脸丢光。"连拉几下枪栓，一颗又一颗子弹蹦了出来。连长一愣："你一枪都没放？"女战士："她放了。"连长不解地："放了什么？五发子弹都在这里。"女战士："她放的是心，把心都放在阿牛身上去了。"大家哄笑起来。红莲羞愧地低下头。连长厉声地："严肃点，先安排宿营，然后好好总结！"

　　剿匪总司令部高大的门楼，上面是国民党党徽，边上挂着一块牌子：琼崖剿匪总司令部。两个挎着冲锋枪的国民党士兵威风凛凛地站在门两侧。坐着轿子的南霸天来到门前，后面跟着骑马的老四和八个背着短枪的团丁。南霸天从轿子中出来，走上台阶。士兵拦住了他。一个军官迎出来，南霸天和他说着什么。军官点点头。南霸天回头对老四说："你们在这里候着。"

随后他跟随军官进了大门。

大会议室，穿呢子军装的剿总副司令严耀昌和南霸天交谈已久。突然，严耀昌高声呼唤："胡营长！"

门被推开了，留着整齐平头、全副武装、身材挺拔的胡营长迈着大步走了进来。他一个立正，笔挺地站在严耀昌身边。

严耀昌威严地："南老弟，就是你不来求援，我也要派兵驻守椰林镇了，那是我的咽喉要道，容不得共匪横行。我给你介绍一下，胡营长，黄埔五期的高才生，我的得力部下。南老弟，人称南霸天，椰林镇的土皇上，真正的坐地虎、地头蛇。希望你们能精诚团结，鼎力合作，让椰林镇再也不出现共匪一个脚印，配合大部队进剿五指山匪区，将共匪红军一举歼灭！"

南霸天站起来，毕恭毕敬地作揖，快步走向胡营长。胡营长略微向前倾身，伸出手去。南霸天紧紧握着胡营长的手说："仰仗兄台的军威啊！"

南府厅堂里，坐满了乡绅们。南霸天和胡营长分坐在上座。南霸天："胡营长，与海口相比，椰林镇乃乡下，居住受条件所限，只能腾空一所校舍，让官兵下榻，不知胡营长是否满意？"王副镇长："那是南爷苦思冥想了一夜才特意安排出来的，三所学校并至两所上课，师生们还差点闹事。"胡营长："当兵的还可将就，只是军官……"

南霸天："已经另给胡营长安排房间，若胡营长有家眷接来都不会嫌弃。"胡营长："胡某南征北战，不敢娶妻生子。"南霸天："真乃豪杰。"

胡营长："各位客套话都说过了，我是军人，军人以服从命令为天职，本人来椰林镇驻防，本不是贪图享乐，上峰指令防范共匪，因此我所言所行也必是如何阻止共匪骚扰。"南霸天："胡营长说得好，这也是吾等请琼崖剿总派兵驻守的初衷。"胡营长："我先期派出的侦察分队已经了解了椰林镇周边情况，防卫松懈，甚至几乎可以说没有防卫，这不行！"

王副镇长："胡营长，我们在十八村都派有团丁。"胡营长："这些团丁各自为战，遇到三五个共匪还可应付，若是一个排一个连一个营的共匪来袭，则只能抱头鼠窜。"南霸天："胡营长，这正是南某头疼之事，请说高见。"胡营长："以我在黄埔军校德国教官所授军事知识，在椰林镇一带防范共匪，宜用连环堡垒方式。根据椰林镇实情，几百步修筑一座炮楼显然不太可能，刚才王副镇长说有十八个村，这些村落相距有多远？"王副镇长："近则七八里，远不超过十几里。"胡营长："那就先在十八个村修筑炮楼，有共匪攻击一个炮楼，最远的也在一个半时辰就能赶来支援，对共匪形成内外夹击。平时则设置岗哨进行瞭望，发现可疑分子，当场抓获，让共匪插翅难逃。"南霸天拍起手来。众乡绅也跟着热烈鼓掌。

胡营长站起来："希望南爷能尽快完工，每个炮楼除了团丁之外，我营另派一个班的弟兄协助防守。"南霸天："那就是如虎添翼了！"

村口，一边是起伏的山峦，另一边是稻田和树林。炮楼高高耸立，有灯光从枪眼中泄露出来。炮楼下不远处是村落，一条土路从炮楼旁通过。两个团丁和两个士兵站在土路中间，检查着过往的行人。穿着黎族服装、戴着头帕的阿菊背着竹篓匆匆走来。

团丁把一个老汉推到一边："走吧。"士兵叫住了阿菊："过来检查。"阿菊放下背篓。士兵伸手翻了翻，没发现什么，挥了挥手。阿菊弯腰刚要背竹篓。团丁一把抓下了她的头帕，露出了她的短发。团丁冷笑着："共匪头。"阿菊："什么共匪头？"团丁："剪了头发的就是女共匪！"

说着，团丁把背篓扣到地上，倒出里面的地瓜和苞谷，掂了掂背篓，猛地用刺刀割开篓底，里面显露出一个小口袋。团丁："这是什么？"阿菊一声不吭突然撒腿要跑。士兵早就戒备了，一下子扑上去，把阿菊按在地上。团丁叫着："是盐，山上共匪没盐吃，她肯定是个女共匪！"

阿菊被绑了起来。

榕树下，十几个班、排长围坐在一起。连长和洪常青站在一块挂在树上的小黑板前。洪常青："南霸天的炮楼是卡住我们苏区喉咙的骨头，不拔掉它，我们就吃不香，睡不好。新七连的运粮队牺牲了三个同志，损失近两千斤粮食，阿菊下山搞盐，被他们抓了。我们必须端掉鼻子底下的这个炮楼，狠狠打击南霸天！"

连长在小黑板上画了两个圆圈："我们要打的是山根村这个炮楼，里面有一个班的国民党士兵和二十个团丁，一共三十多个人。以我们的力量，完全可以收拾他们。关键是离山根村十二里路的白马村也有一座炮楼，据侦察，里面有四十多个敌人，他们如果听到枪声，一个小时之内就会赶来增援。我们全连只有六十多条枪，和七十多个敌人硬拼，取胜的可能性不大。我们必须在五十分钟内结束战斗。"

洪常青："同志们，这次打炮楼，和我们第一次的战斗，情况完全不同。那时国民党正规部队还没在椰林镇驻防，我们是打伏击，打的是团丁，这次是攻炮楼，打的是国民党兵。任务很艰巨啊！要做好充分的准备。"连长："这次还是由党代表带领两个排打炮楼，我带一个排打阻击。我强调一下，一定要服从命令，五十分钟之内拿下炮楼！要听党代表的命令！听清了没有？"班、排长齐声回答："听清了！"

树林里，透过树木缝隙，可以看到炮楼枪眼里透出的灯光。娘子军战士们弯腰摸了过来，一个个散开，蹲在草丛或树后。洪常青观察着动静，压低声音喊："琼花同志。"穿便衣的琼花弓着腰凑近他身边，洪常青小声命令："按预定计划，上。"

三个人向炮楼方向走去。走在前面的是琼花，一根大辫子格外醒目，她提着一个篮子。跟着的是红莲和叶容，她们两人戴着斗笠，红莲扛根扁担，叶容提着两个椰子。

琼花低声哼起了山歌。叶容莫名其妙地笑着。红莲小声地："我扛的要是枪就好了。"叶容笑她："给你根枪也跟扁担一样，照样打不出子弹。"红莲不服气："这次可不一样，我保证一枪打一个坏蛋！"琼花提醒说："注意了。"红莲立刻放开声音："快点走，妈在家等急了。"叶容："是你老公在家等急了。"

炮楼下，几个沙袋堆在土中间，大个团丁站在哨卡前。看着越走越近的三个女人，他端起枪喝令："站住，干什么的？"琼花镇定地："回娘家。"大个团丁："这么晚回娘家？"红莲："回娘家还要分早晚么？"团丁："篮子里装的是什么东西？"

三个女人走到团丁跟前。琼花从篮子里抓出两个鸡蛋递给团丁看。大个团丁盯着琼花，猛地用刺刀挑起琼花的大辫子："还没出嫁呢！回什么娘家？"琼花依然很镇定地："我陪阿嫂回娘家嘛！"团丁指着红莲和叶容："你们俩把斗笠摘了。"

叶容摘下斗笠。大个团丁嘿嘿笑："傻小子，长得挺俊嘛。"红莲："我伤风，不敢摘斗笠。"大个团丁："那就是剪了共匪头。"红莲把斗笠摘下，伸到团丁眼前，挡住了他的视线。

琼花不由分说，一脚就踢在了团丁的裆下。叶容扑上去抢团丁的枪，红莲操起扁担抡过去。大个团丁使劲甩开叶容，肩膀却挨了一扁担，他恼羞成怒，狞笑着："臭婆娘！看大爷我能把你们三个都抱怀里。"他挟住叶容，一把将琼花拉过来，又要去抓红莲。琼花把手中的鸡蛋砸在团丁眼睛上。大个团丁抽出手抹去糊在眼睛上的鸡蛋清，大骂："他妈的！你够狠啊！"

琼花挣脱开团丁，就势抱住团丁，大喊："快下手！"叶容举起一个椰子，要砸团丁的脑袋，够不到，就跳到沙袋上，居高临下，将椰子狠狠地砸在团丁头上。红莲的扁担再次抡起，落到了团丁的脖子上。大个团丁哼了一声倒下地。红莲扔下扁担，抢过团丁手中带刺刀的步枪，狠狠地刺了下去。

琼花提着篮子向炮楼冲过去。

树林里的洪常青和女战士们紧张地注视着炮楼方向。看见琼花在往炮楼下跑去，洪常青兴奋地："同志们，上！"女战士们纷纷向前冲。炮楼内，团丁和士兵还在打着麻将。士兵一侧头："好像有人在喊。"站着的团丁趴到枪眼前往外张望，随即去抓枪。士兵骂着："妈的，看见什么了？"团丁："好像有人干掉了二傻，往炮楼冲过来了！"士兵一下子跳起来："弟兄们，有共匪！"他把桌子一推，冲到了架在一个枪眼处的机关枪边，其他人也手忙脚乱地抓枪。

琼花冲向炮楼。不远处,红莲蹲着端枪监视。叶容弯腰把团丁身上的子弹袋解下来,兴奋地叫着:"嘿,还有四颗手榴弹,我给琼花姐送过去。"她刚要直起身来,炮楼上的枪声响起,子弹打在她脚边,她跳了几下,趴下了。

洪常青带领女战士一边往前冲,一边喊着:"射击,掩护琼花!"十几个女战士趴下来,向炮楼开枪。子弹在炮楼的枪眼周围溅出火星。

敌人的火力被洪常青那边吸引过去了一些。琼花趁机冲到炮楼脚下。她把大篮子扣过来,十几颗绑在一起的手榴弹和鸡蛋一块被倒在地上。手榴弹的盖子已经全部打开,所有的弦缠在一起,她迅速拉断弦,一路打着滚离开了炮楼。火光一闪,手榴弹爆炸了。

洪常青命令:"冲上去!消灭敌人,救出阿菊!"冲锋号响了起来。女战士们一跃而起,争先恐后地向前冲去。

炮楼的十几个枪眼还在喷射着子弹。带着女战士冲过来的洪常青指挥:"注意隐蔽,一排在正面,二排绕到后面,把炮楼包围起来!"女战士们以非常规范的战术动作,一边射击,一边移动着位置。

另一个炮楼内昏暗的马灯下,木板地上横七竖八地躺着一些团丁和士兵。梯子上急急忙忙地下来一个士兵,他使劲推着单独睡在一张木床上的汉子:"马班长,马班长。"汉子睁开了眼睛:"小三子,干什么?"士兵:"报告马班长,山根村方向传来枪声,又发射了求援的信号弹。"汉子一下子跳下床:"醒醒,都给我醒醒,穿衣服,出发!"他一边穿衣服一边踢着边上的人,团丁和士兵都爬了起来。

洪常青趴在一个土坡后面命令女战士们喊话,大家立刻叫起来:"炮楼里的人听着,你们被红军包围了!赶快出来缴枪,饶你们一条狗命,要是不投降,就再也见不着老婆孩子了!""缴枪投降,红军不杀俘虏!""别为南霸天和国民党反动派卖命了!""跟着南霸天,没有好下场!"

炮楼里端着机关枪的士兵笑了:"是一群娘们!"他挥手示意停止射击,也喊了起来:"女共匪听着,老子我还没有老婆,你们谁给我做老婆,我就缴枪！"

琼花和红莲、叶容紧握着手榴弹匍匐前进。洪常青叮嘱着："一定要炸炮楼的门，那里才是炮楼的最薄弱地方！"但没前进多远，密集的子弹射来，三个人只能停止前进。

土坡后面几个干部围在洪常青周围。洪常青掏出怀表看看，紧皱着眉头："敌人的机枪火力太猛，得想别的办法，否则前功尽弃。"琼花："党代表，那边有一大堆柴草，是不是可以……"

洪常青眼睛一亮："好，好极了，像你火烧南府祖祠一样，再来个火烧炮楼。一班搬运柴草，三班掩护！"女战士们跑到柴草堆边，推着大堆的柴草前进。枪声又急促起来。

炮楼里，团丁惊恐地叫着："这些女共匪要干什么？"另一个团丁："我的妈呀！她们要放火！"士兵："开枪呀！"团丁："看不见她们，怎么开枪？"士兵："扔手榴弹！底层再派几个人，小心这些娘们趁机炸开炮楼的门。"几个团丁和士兵顺着梯子下去。

另一个炮楼的几十个团丁和士兵全副武装，向这边冲过来。马班长大声催促："快，跟上，快！"

一堆一堆的柴草靠在炮楼脚下。火光一亮，柴草燃烧起来。

女战士高喊："干烧王八喽！"

炮楼里的团丁惊惶万分："咱们要被烧死了，往外冲吧。"

士兵："混蛋，冲出去还不被女共匪活捉？咱们这炮楼是砖石和洋灰造的，不怕火，不怕手榴弹炸，除非共匪有榴弹炮。"另一团丁："她们只有老套筒。"

士兵："监视共匪，最多再有半个时辰，白马村的弟兄就能赶到，那时咱们来个内外夹击，把这些娘们全部活捉！"团丁："每个弟兄发一个，再送营部邀功请赏。"

炮楼下，琼花："炮楼门用铁皮包着，也不怕火烧。"叶容："手榴弹送不到炮楼门，敌人火力太猛。"

传来炮楼里敌人的嘲笑声："真是好老婆啊！知道老子抓了几只鸡，点火让老子烤鸡吃。闻到香味了吧？"枪眼中，刺刀挑着一只鸡伸出来。敌人高声喊："老婆，再加点油盐酱醋就更好了，我一定给你留个鸡屁股。"

琼花恨恨地："油盐酱醋？我给你加辣椒面，辣死你们！"红莲："对，对，加辣椒面！我在婆婆家用火熏老鼠就加辣椒面，老鼠呛得全钻出洞。"

洪常青一拍大腿，这倒是个好办法，他果断地下令："给你们五分钟时间，赶快到附近收集辣椒面。试试看敌人是不是也像老鼠一样被呛出来。只有五分钟时间，迟了敌人的增援就上来了。"琼花："是！"

村子里，几个村民爬在院墙上张望着远处的火光。红莲破门而入。村民吓得从墙上摔下来。红莲："别怕，我是红军，把你们家的辣椒面都拿出来。"

叶容从一个老太婆手中接过一小口袋辣椒面，顺手把挂在屋檐下的几大串辣椒摘下来，挂到自己脖子上。一个衣衫不整的女人跪在地上磕头："红军姑奶奶，饶了我老公吧，我再不让他和南霸天打交道了。"一个男人提出一个大口袋来，放在地上："以后你们想吃辣椒，我偷偷给你们送山上去，现在只有这么多了。"琼花扛起口袋就往外跑。

炮楼下，大火还在燃烧。女战士们推着柴草爬过来，冒着弹雨把一包包辣椒面撒进火里。

炮楼里，士兵咳嗽起来，骂道："怎么这么呛！"团丁："他妈的！这些臭婆娘往火里扔了辣椒面！"他也剧烈地咳嗽起来。枪眼处的敌人纷纷离开了枪眼，弯着腰咳嗽不止。

洪常青等人注视着炮楼，可以清楚地听到里面咳声一片。雅琴气喘吁吁地跑来："报、报告党代表，白马村的敌人出动了，估计现在连长她们已经开始阻击了。"洪常青站起来："敌人火力弱了，一排全体跟我上，二排掩护！"他握着手枪冲了上去。

炮楼下，洪常青喊着："把一班所有的手榴弹都集中过来。"女战士："是。"几个女战士也呛得咳嗽着，把手榴弹都交给了洪常青。洪常青脱下衣服，包着一大包手榴弹，寻找到了炮楼门的位置，冲进火海中。琼花喊着："党代表，小心！"

很快，洪常青又跑了回来，咳嗽着："快卧倒！"人们刚刚趴下，一声巨响传来。炮楼的门被炸开了。女战士们跳起来，高喊着："冲啊！"两个手榴弹飞进了炮楼，硝烟弥漫，十几个团丁和士兵东倒西歪地趴在地上。

琼花第一个冲进来，一个团丁刚从地上爬起来，胸脯上立刻挨了一枪。几个还活着的团丁和士兵连忙喊着："我们缴枪，我们投降！"洪常青进来，咳嗽着："让上面的人把枪扔下来，不投降就坚决消灭！"

一个士兵叫着："李班长，投降吧，弟兄们不想死啊。"上面传来回答："别他妈废话，谁想死。"随着话声，机关枪、步枪扔了下来。

角落处，一个人影在动。琼花端起枪："不许动，再动就开枪了。"那个人还在动。琼花刚要扣扳机，红莲叫起来："别开枪，是阿菊！"红莲冲过去，扶过来被捆绑着、嘴里塞着布团的阿菊。几个女战士围上去。

琼花吼着："监视敌人，防止他们假投降！"女战士们咳嗽着，又端起枪。

团丁和士兵剧烈咳嗽着，从梯子上下来，叫着："红军姑奶奶，快、快让我们出去透口气。"

炮楼外，三十来个团丁和士兵站成一排，十几个女战士端枪看押着他们。洪常青命令着："一班把俘虏押进那边的牛棚里，二班打扫战场，三班把柴草搬进炮楼，放火，四班五班警戒，六班接应连长，三分钟之后撤退！"

山坡弥漫着弹火和硝烟。另一伙团丁和士兵冲了上来。一个士兵："报告马班长，没人，共匪全被我们打跑了。"马班长："笨蛋，这是共匪的骚扰战术，想拖延我增援山根村的时间，快，跑步前进，一刻钟内必须到达山根村！"

榕树下，摆着三十支步枪、一挺机关枪和四箱子弹，娘子军战士整齐地坐在地上。连长和洪常青陪着王师长走来。洪常青兴奋地："同志们，王师长专门从师部赶来参加我们娘子军的庆功大会，还带来了林风和药品，我

们热烈欢迎。"女战士们鼓起掌来。

王师长："应该是我给你们这些昨天的大姑娘小媳妇、今天的革命女战士鼓掌。"连长示意大家停止鼓掌。女战士们放下手。

王师长："娘子军的同志们,你们打得好,打得漂亮,打出了红军女战士的威风,打出了被压迫妇女的革命志气!你们的党代表一开始嫌娘子军的武器落后,你们看看,机关枪、汉阳造,好家伙,还有几支捷克造,这不都到手了吗?更关键的是,你们打掉了敌人嚣张的气焰,拔掉了五指山根据地眼皮底下的钉子。当然,敌人还会把炮楼修起来,还会想出更恶毒的方法来围困和进攻苏区,但是我们不怕,有你们这样的战士,敌人用什么方法也打不垮我们。你们是苏区的骄傲,是琼崖独立师的功臣。现在,我代表师党委宣布,娘子军荣立集体三等功,吴琼花、林秀英、符红莲、张水花、王小妹、王秀莲等六人荣立二等功一次,现在上来领奖。"

女战士们热烈鼓掌,获奖的女战士站起来。叶容摇着身边的琼花:"琼花姐,你立功了。咦!你怎么不高兴?"琼花:"杀死南霸天,我才会高兴啊!"连长叫着:"吴琼花,吴琼花同志。"琼花连忙站起来:"到。"洪常青笑着:"过来,王师长要亲自给你发奖。"

琼花走到前面,和立功的女战士站在一起。王师长伸出手,小庞递给他几个铜质奖章，王师长把奖章一一发给女战士，女战士向王师长敬礼。王师长还了礼，大声说："我们来的时候，一头野猪撞到我的枪口上。野猪也知道娘子军打了大胜仗，来犒劳娘子军了！多少天没吃到肉了？正好给大家聚聚餐。"

连长命令："起立。"阿牛冲了过来："我的事还没说呢。"洪常青："不是已经同意你加入红军了吗？"阿牛："还没发我军装和枪呢。"

王师长转向洪常青："这位同志是？"洪常青的目光在人群中寻找红莲，红莲害羞地低下头。"红莲，出列！"洪常青对王师长耳语。王师长哈哈大笑："好啊！革命队伍也要开花结果，传子传孙嘛！"他对洪常青说："我喜欢这个愣小子，把他编入警卫排怎么样？回师部就发你军装和枪。"阿牛冲红莲挥挥拳头，红莲连忙低下头，女战士们欢呼起来。

月光透进草棚，草棚里有些光亮。竹排上，女战士们穿着军装都入睡了。琼花悄悄地下了床，摘下了墙上挂着的步枪，蹑手蹑脚地出了门。

乌云遮住了月亮，大地顿时阴暗起来。一个背枪的人爬上城墙边上的椰子树，然后从树上跳过城墙。一户民宅里，一片漆黑。背枪的人闪了过来，不声不响地从屋檐下摘下一件蓑衣和一顶斗笠。

街道上，雨水在路面上反射着微弱的灯光。行人稀疏，偶尔有一个挑担子的小贩走过。穿着蓑衣戴着斗笠的人在街道上急步走着，在骑楼下蹲了下去，向对面张望。对面正是挂着两盏灯笼的南府大门。两个团丁躲进了门洞。

南母在卧室和姨太太聊天。南母问道："还想吃酸的吗？"姨太太摇摇头："不想了。"南母："准保是胎已经坐稳了。好啊！新春一过，我就可以抱孙子了。"姨太太："托老太太的福，一定给南爷养个大胖小子。"

南母："南儿公务在身，要为椰林镇上万百姓操劳。你可得养好自己的身子。养下儿子，我就让他扶你为正室。"南霸天的轿子停在了南府大门。轿夫放下轿子，刚说了句："南爷……"枪声响了，一颗子弹正正地穿过了轿子。

红色经典文学丛书

第五章

南府院内，轿子正正地摆在中央，老四站在一旁。胡营长带着两个卫兵走了过来。老四："胡营长，不好意思，一大早就惊了您的好梦。"

胡营长："就是这顶轿子？"老四一指："您看这个枪眼。"轿子坐椅靠背正中，一个圆圆的小洞，周围有焦糊的痕迹。胡营长："凶手呢？"老四："没有抓到。"胡营长："简直胆大妄为！"老四："谁说不是呢？"

胡营长："看来椰林镇晚上要加派巡逻哨。"老四："南爷也是这个意思。"胡营长："去问候一下南爷，给他压惊。"

草棚前，一群女战士们围在一起吃饭。二嫂端着饭碗挤过来，把碗中的菜夹给琼花和叶容。二嫂："这是我一大早下山赶集买来的新鲜肉，慰劳你们打了胜仗。"女战士们："谢谢二嫂。"

二嫂："我听山下的人都传遍了。"红莲："传遍了什么？"二嫂："昨天半夜有人刺杀南霸天。"女战士全都盯住了二嫂，只有琼花似乎并不在意。二嫂："我说的是真的。"

红莲："我们没说你说的是假的，我们是要听你往下说。"

二嫂："椰林镇来了一个蒙面飞天大侠，身高六尺，抓起一个团丁就像老鹰抓小鸡似的，专杀恶人和地主老财，他一路穿越屋顶，来到南府对面，单脚勾住房梁，整整三个时辰一动不动，等着南霸天的轿子到来。南霸天是去会一个相好的，折腾到半夜才坐着轿子回府。刚到南府门口，就听一声枪响，轿子坐椅靠背的正中间打出一个碗口大的洞……"女战士们惊呼："南霸天被打死了？"二嫂叹了口气："这是老百姓盼的，可、可南霸天阳寿未尽，大侠的枪法虽准，他没想到南霸天留在相好的那里，没回家……"琼花手中的饭碗一下子落在了地上。人们都扭头看着琼花。琼花瞪着二嫂："南霸天没死？"二嫂："没死。"琼花捡起碗，一口就把里面没洒出去的饭吃光。叶容小声地问红莲："红莲姐，琼花姐怎么啦？"红莲："还不是为飞天大侠没打死南霸天生气呗。"

胡营长坐在厅堂的太师椅上，抿着茶。南霸天捧着水烟袋，来回踱步。老四和副官站在一旁一声不吭。南霸天恨恨地："要不是昨晚和几个乡绅聊了一夜，今天你们就得给我发丧出殡了。"胡营长："南兄是有福之人，区区刁民，伤不到南爷贵体。"南霸天："胡老弟可推断出行刺者是何方歹徒？"

胡营长："此人一不贪财二不图色，一枪击中南兄轿子，拔腿就逃，肯定是与南兄有刻骨仇恨，八成是共匪所为。"南霸天点点头："我看也是。这些共匪，前两天打了我山根村的炮楼，让我们损失了七个弟兄，丢了三十条枪，还有一挺是机关枪啊。昨夜又来行刺于我，我与共匪算是结下不共戴天之仇了。"

胡营长："看来共匪已经把椰林镇作为攻击目标，我们必须严加防范。"南霸天："我准备在已有的每座炮楼之间，再加上一座，使驻守团丁和士兵相互接应的时间不超过半个时辰，若再有共匪来犯，让这些不知死活的家伙首尾不能相顾，我们则前后夹击，让他们有来无回！"胡营长："南兄，我正有此意。不过，这还不足以防范共匪的进犯。"南霸天："胡老弟有何高见？"胡营长："我们必须与五指山正面几个乡镇的团丁联手，形成一道真正的铜墙铁壁，才能阻止共匪的发展势头。否则，共匪不正面与我炮楼网对抗，而是通过周围几个乡镇渗透进来，我们没有能力把椰林镇方圆百里都修上炮楼，就是修上了，也没有那么多兵力驻守。因而，我建议由南兄牵头，召开六乡镇乡长镇长民团团总保安队队长联席会议，共同商讨防范共匪大计。"南霸天面有难色。胡营长试探地问："南兄认为我的主意……"南霸天："近些年来，椰林镇周边五乡镇的首脑们对椰林镇多有戒备心理，他们恐怕不愿与南某坐在一起谈论此事。"胡营长："是怕南兄吞并他们的地盘吧？"南霸天："南某不反对这种说法，自古以来都是弱肉强食嘛，他们经营不好自己的地方，我收过来，也是为了造福百姓。"胡营长："面对共匪，放弃既往恩怨，共同对敌，才显出南兄与众不同的大度宽容。这样，我来出面发出通知，选择一个中间地带，召开会议，商讨联防之事。南兄也可趁机联络一下感情。"南霸天："好，我支持胡老弟的提议。"门楼外站着十来个士兵。胡营长从里面走出来："请留步。"一个穿长袍的老者抱拳："请胡营长放心，有胡营长出面，我一定准时参加会议，共匪也是我等心头大患呀。"胡营长翻身上马："好，我一定恭候大驾光临。"

洪常青和赤卫队长坐在连部桌旁。洪常青："好，你提供的情况非常重要，我们会考虑对策的。另外，你的赤卫队员也要多加巡查，防止敌人派奸细渗透进来，侦察我们的虚实。"赤卫队长站起来："放心，一个敌人都进不了村。"连长推门进来，和出门的赤卫队长打了个招呼。

洪常青："连长同志，坐下。"连长坐下，把帽子摘下，放到桌上："这些女战士们，又议论着再打一仗，把全连的老套筒都换成汉阳造和捷克造，每个班弄上一挺机关枪。"洪常青："那就是王师长警卫连的装备了。"连长："主力中的主力。"

洪常青："现在有个机会了。"连长："是不是敌人的联防会议？"洪常青点点头："对，根据几个方面的情报，汇总起来，可以确定敌人要在近期召开五指山正面六乡镇首脑联席会议，商讨对付咱们的事宜。"连长："给他来个一锅端！"洪常青："没那么容易，敌人六乡镇的团丁保安队就有上千人，关键是椰林镇一个营的士兵有五百人，我们就是再拉上附近其他几支兄弟部队，也不过几百人。"连长："敌人不会把一千五百人都集中到会场去吧？"

洪常青："所以我们必须派出侦察人员，分几路进行侦察，摸清敌人开会的准确时间、准确地点和准确人数，我们再来决定是自己打，还是和兄弟部队一同打。但不管怎么说，这是一个天大的好机会。"连长："那我马上安排侦察员下山。"

集市上人来人往。装扮成姐弟俩一起要饭的叶容和阿菊蹲在一间茶棚前，不时和几个喝茶的人聊着什么。红莲蹲在西瓜地吃着西瓜。琼花和看瓜的老伯聊着："老伯，您说刚才有军队过去了？"老伯："十几个士兵，一个军官，吃了我仨西瓜也不给钱，说是要赶去温泉泡温泉澡。这些该死的东西，让温泉烫掉他们的皮。"琼花："再刮了毛，当猪宰。"

老伯："你也吃块西瓜吧，有你这么漂亮的小媳妇，你老公也不心疼你，只知道自己闷头吃。"琼花："他是哑巴。"老伯："怪不得。"琼花拿起块西瓜，慢慢啃着。

琼花和红莲走在小路上。琼花："可以确定敌人是在温泉开会了。"红莲："可时间还不知道。"琼花："干脆，咱们过哨卡，找给开会的地方送鸡鸭鱼肉的贩子打听一下，说不定连人数都侦察出来了。"红莲："行。"琼花："别忘了你是个哑巴，一开口就让人听出你是女的了。"

琼花和红莲匆匆走在山坡上，突然，琼花站住了。红莲："怎么啦？"琼花："红莲姐，我还想再搞得清楚些，这样袭击敌人才更有把握。"红莲："咱们不是已经从肉菜贩子那里知道敌人是明天在温泉召开六乡镇联席会议了吗？"琼花："但人数还是搞不清，再说，南霸天去不去还不知道。"红莲："那怎么办？连长和党代表等着咱们的情报呢。"

琼花："这样，你先赶回去，把咱们已经了解到的情报汇报了，我再到哨卡附近，争取抓一个俘虏，问清楚情况就追赶你。"红莲担忧地："你一个人是不是太危险了？"琼花自信地："放心吧，对付单个的敌人我见一个收拾一个。"红莲："那……"琼花掏出手枪："快走吧，我有党代表给的德国造二十响。"红莲点点头，转身跑去。

四个团丁端枪走来，后面轿子上坐着南霸天，左右两个丫环捧着水烟袋和茶壶。老四和八个团丁紧紧跟在后面。

山坡上，蹲在大树后的吴琼花眼睛瞪大了，她紧紧盯住坡下山路上的轿子，牙缝中蹦出了几个字："南霸天！"她掏出了手枪，标尺、准星和南霸天的脑袋连成了一线。琼花喊了声："南霸天，尝尝吴琼花的子弹吧！"

山路上，南霸天抬手去拿丫环捧着的茶壶。枪声响起，他的手臂一下子垂了下来。团丁大叫："有刺客！南爷中枪了。"老四挡到了南霸天身前，双枪掏了出来，喊着："保护南爷！"

琼花从树后站出来，举枪连连射击。团丁惊恐地："是吴琼花，就她一个人。"老四："给我上，抓活的！"他双枪齐发。

南霸天挣扎着说："老四，小心中了共匪的埋伏。赶快撤退！"老四应声："是。"随即，他一边开枪，一边指挥着轿夫抬着轿子顺着山坡一路小跑。团丁趴在地上不停地开枪。

琼花再一次扣动扳机，子弹打光了。她看看山路上还在射击的团丁，转身钻进草丛中。

连部里，叶容、阿菊和红莲坐在凳子上看着连长和洪常青。洪常青把地图铺在桌子上，对连长说："时间、地点、人数基本都确定了。"连长："每个反动头目带十个团丁，加上国民党一个排的士兵，不到一百人，我看可以打。"洪常青："那也只能奇袭，消灭敌人的首脑，然后迅速撤出战斗。"连长对女战士们一挥手："你们马上回去，准备出发。"洪常青收起地图："吴琼花可能会为我们带来更准确的情报。"

连长："这次该我主攻了，你带人打阻击。"洪常青："没问题，只要能消灭敌人，让我看家都行。"连长："那可不行，有你在，女战士们的战斗情绪就特别高。"洪常青笑起来："没我娘子军就不打胜仗了？"

榕树下全副武装的女战士纷纷走来。琼花气喘吁吁地跑到女战士们前面。红莲："你可回来了，快准备出发。"琼花："出发？上哪？"红莲："打南霸天去呀？我们搞侦察就是为了打南霸天。"

琼花抹抹头上的汗水，笑着说："不用去了。"红莲一愣："怎么啦，有新情报？"琼花一挥手："南霸天见阎王啦！"女战士们都围拢过来，有人问："你说明白点。"琼花："我已经把南霸天给消灭了！"女战士："你把南霸天打死了？"

琼花:"打死没打死暂时还不知道,反正已经中了我的子弹,我一口气把党代表给我的盒子枪里的子弹全部打光了。"雅琴急了:"琼花,你这是打草惊蛇。"说着,她退出了人群。琼花:"什么打草惊蛇,我直接就打了毒蛇。"连长过来了,边走边质问:"你们在干什么?还不集合队伍。"叶容欢喜地:"连长,琼花姐已经把南霸天给消灭了。"连长:"她一个人把南霸天给消灭了?"

琼花向连长一个立正:"报告连长,我一枪就击中了他。哼,上次打中的是轿子,让他侥幸逃脱,这次可没那么便宜了。"连长盯住琼花:"上次?椰林镇的蒙面大侠就是你?"琼花点点头,但又摇摇头:"那是老百姓胡说的,红军就是红军,走到哪儿都光明正大,不能叫蒙面大侠。"连长:"你刚才真的遇见南霸天,向他开枪了?"琼花不满地:"连长同志,你怎么不相信人呢?"

连长脸色大变:"我是不相信你能干出这么不遵守纪律的事来!你、你简直、简直荒唐到了极点!吴琼花,马上把武器交出来,准备接受处理!"琼花也脸色大变:"什么,让我交出武器?"连长:"对,把手枪交出来。"琼花一挺脖子:"不交,我还要杀敌人呢!"连长:"这是命令!"琼花:"我就不交,谁发给我的枪我交给谁。"

洪常青匆匆赶来,雅琴跟在后面,女战士们让开一条路。洪常青来到琼花面前。琼花有点委屈地:"党代表,我开枪打了南霸天,我不图立功受奖得表扬,可、可连长也不能让我交枪呀。"洪常青看着琼花,痛惜地:"你呀,你真糊涂!"琼花:"我糊涂?"

洪常青不再理睬她。他和连长走到一边,小声商量着。随后连长大声喊道:"集合,取消行动,立即转移!"

南府大门,老四等一行人奔跑而来,轿子夹在中间。老四大叫着:"快去请郎中,南爷让吴琼花给打伤了!"站岗的团丁惊呼着:"这次南爷真的给打伤了!"老四骂着:"混蛋,你想让全椰林镇的人都知道呀。"说着,他指挥人把轿子抬进大门。

南霸天躺在床上,半个身子都是血迹。丫环用毛巾给他擦着脸。南霸天虚弱地："先别告诉老太太。"姨太太还在门外就大呼小叫、哭哭啼啼地："我的爷啊,你可不能受伤啊,该死的吴琼花,千刀万剐的吴琼花……"高高的门槛绊住了她的脚,她向前一扑,一下子摔倒,肚子狠狠地撞到桌角,摔在地上。姨太太捂住了肚子,惨叫着："我的孩子,我……"

南霸天惊慌地："孩子怎么啦?"他挣扎着要下床,可身子摇晃了一下,又倒下去。姨太太手上全是鲜血。她惨叫一声,昏了过去。

新驻地,女战士们在草棚前出出进进。女战士抱怨着："都是吴琼花,让我们少了一次打胜仗的机会。""一粒老鼠屎坏了一锅汤。""小声点,你怎么能说琼花是老鼠屎呀?""她就是个人英雄主义,只想自己立功受奖。"

草棚里,琼花坐在竹排上,摆弄着手枪。外面传来声音："吴琼花,党代表让你到连部去。"琼花站起来。正在铺凉席的红莲关切地："琼花,党代表是不是要惩罚你?"琼花："不会,我主动消灭敌人,怎么会惩罚我?"红莲："可连长……"琼花："连长就是那种火暴脾气。"说着,她走了出去。

琼花匆匆走到连部来,在门口,她站住了："报告。"一盏油灯发出昏黄的光。洪常青在打开背包。听见琼花的报告声,他直起身子："进来。"琼花走了进来。看着依然是新媳妇装扮的琼花,洪常青猛地一拍桌子："吴琼花同志,把枪交出来!"琼花愣住了,可她一动不动。洪常青："你还违抗命令吗?"

琼花委屈之极地掏出手枪,放在了桌上,孩子气地："这是你的,我不要,我自己去从敌人手里缴获去。"洪常青盯住琼花："我以为一路行军你能够反省自己,看来你对你犯下错误的严重性根本没有一点认识。"琼花："我……"洪常青："什么都别解释,马上去禁闭室坐禁闭!"琼花："我坐禁闭?"洪常青："对,马上,在禁闭室里给我好好反省!"

竹林中,红莲等十几个女战士围坐在一起,神情都很严肃。小黑板挂在前面一棵竹子上,上面写着两个大字:党课。连长坐在女战士们中间,大声说:"一会儿党代表来给大家讲党的基本知识,你们都是申请加入中国共产党的积极分子，一定要认真听课。"

洪常青背着皮包走了过来，女战士们全体起立，立正，敬礼："党代表。"洪常青还了礼，摆摆手："同志们请坐。"女战士们齐刷刷地坐下。洪常青扫视了女战士们一眼："红莲，把吴琼花同志叫来。"红莲站起来，小声地："琼花在关禁闭。"洪常青："暂停琼花的禁闭，让她来听党课。"红莲兴奋地："是。"

草棚里，琼花抱腿坐在稻草上，一动不动。红莲打开了门，叫着："琼花，快出来！"琼花头都没抬："禁闭时间没到，我哪也不去，红莲姐，你可别为我犯纪律。"红莲："是党代表让我来叫你出去的，暂停禁闭。"

琼花这才扭头看着红莲："党代表？"红莲："他让你和我们一起听他上党课。"琼花站起来："真的？"红莲："这种事我哪敢骗你。"

琼花撒腿就往外跑，跑了几步，突然又站住了，低头看看身上新媳妇的装束。红莲催促着："快走啊，党代表等着咱们呢。"琼花："我要换衣服。"红莲："听党课换衣服干吗？"琼花："我要换上军装，这是我第一次听党课，不能穿着有钱人的衣服。"她向宿舍跑去。

一身军装的琼花出现在大家面前，红莲跟在后面。琼花敬了个礼："报告连长、党代表，吴琼花奉命暂停禁闭，来听党课。"洪常青点点头："坐下。"琼花拉着红莲坐在了前排。

洪常青从皮包中拿出一张地图，挂在了小黑板边上，然后转回身："吴琼花。"琼花站起来："到。"洪常青："这是一张中国地图，你已经在文化课上认识海南岛三个字了，你来找找，它在哪里？"琼花来到地图前，认真寻找着："这儿，下面。"她指着地图。洪常青："你再找找椰林镇。"琼花看了好一会儿。

叶容："报告党代表，我帮琼花姐找，行吗？"洪常青笑笑："不用找了，这张地图上没有椰林镇。"琼花："为什么？"洪常青："因为它太小了，只有在这张地图上才有。"他又从皮包中拿出一张海南岛地图，挂在中国地图边上："就是在海南岛的地图上，椰林镇也只有针尖那么大。"女战士们一片惊讶声。

洪常青："同志们，我是想告诉你们，比起海南岛，比起全中国，比起全世界,椰林镇太小了,而你们每个人个人的仇恨,比起全海南岛受苦人的苦难,比起全中国劳苦大众的苦难,比起全世界无产者的苦难,也太小了。而共产党的最终目的是什么呢?是要解放全海南岛、全中国、全世界的受苦人。"

他看了琼花一眼,继续说:"每个受苦人个人的仇当然要报,也正是由于每个受苦人个人的苦难,才有整个受苦人的阶级苦难。但是,世界上为什么诞生了共产党,我们又为什么要组织红军?就是因为个人复仇的力量太渺小,太微不足道,关键是不能从根本上铲除人剥削人的制度。琼花,你想想看,海南岛、中国、世界上有多少个椰林镇,又有多少个南霸天啊,你杀了这个南霸天,可还会有别的南霸天、北霸天在欺压受苦人,你一个人杀得完吗?何况,按你的性格,你能杀了自己的仇人,就会看着别的姐妹被别的南霸天欺负吗?"

琼花大声地:"不会,我还要帮叶容杀老四!帮阿菊杀人贩子!帮二姐杀族长!"洪常青:"可还有别的老四,别的人贩子,别的族长在欺负千千万万的穷苦姐妹,你一个人杀不完这个世界上的坏蛋,也没有任何一个人能够做到。只有共产党才能彻底消灭所有的坏人,推翻不平等的社会制度,建立一个没有剥削、没有压迫的新社会,而共产党依靠的就是你们这些被压迫被剥削被侮辱的劳苦大众,你们这些人中的最坚定分子就将成为共产党员!"

琼花又要开口,洪常青制止了她:"琼花,本来,我们有可能把五指山正面六个乡镇的南霸天们一块干掉,可你的二十发子弹使我们失去了一个最好的消灭敌人的机会,由于南霸天遭到袭击,必定使敌人加强了戒备,我们目前的力量还不足以和敌人对抗,又要防止敌人反过来袭击我们,只好转移。说实话,要不是你袭击南霸天,现在,我们也许正在召开公审大会,公审南霸天这些地主恶霸呢。想想我刚才讲的共产党的目标,你不觉得你的做法多么愚蠢,多么荒唐吗?"琼花站起来,走到连长面前:"连长,我错了,你用鞭子狠狠抽我一顿吧。"连长:"我不是南霸天,你也不是我的奴隶,你能认识到自己的错误,说明党代表的党课没白上,不过,虽然你已经有所觉悟,但你的禁闭要继续坐完。"琼花:"是!"

南霸天卧室里，姨太太躺在床上，额头用毛巾包着，哭丧着脸。南母坐在一边，骂着："我要把吴琼花的皮剥下来，把她的筋抽出来，把她千刀万剐……"她剧烈地咳嗽起来。姨太太虚弱地："老太太，您息怒，千万别气坏了身子。""我能不气吗？这个该死的丫头打伤了我南儿，又害得你掉了胎，"南母有些埋怨地乜了姨太太一眼，阴阳怪气地，"郎中说是个男丁啊！"说着，她又冷冷地看了姨太太一眼，看得姨太太心中发怵。她跺着脚，恨恨地说："这吴琼花是想让南家断子绝孙，我不亲眼看着活剐了她，死不瞑目！"姨太太有些诚惶诚恐："老太太，我不会让南家断子绝孙，我还能怀上爷的孩子，再怀上个男孩。"

南母冷冷地问："南儿呢？"姨太太："胡营长来了，他们在厅堂商量事呢。"南母："不好好养伤，见什么胡营长！"姨太太："我劝他别去，他说要商讨消灭共匪大计，让我别管男人的事。"南母叹了口气，有点自豪地："我南儿真是男人中的豪杰！"

老四搀着南霸天缓缓走着，到了客厅门外，南霸天推开老四："不用搀扶了，别让胡营长小瞧了南某。"老四点头哈腰："南爷小心门槛。"

胡营长和副官坐在厅堂等候，南霸天走了进来，胡营长和副官连忙起身问候。胡营长："南兄伤势如何？"南霸天坐下来："小小一粒共匪的子弹，还奈何不了南某。"胡营长一抱拳："南兄真是条硬汉、胡某实在佩服，佩服。"

南霸天："只是可惜被吴琼花那个臭丫头搅了联席会议，误了你我防范共匪的大事啊。"胡营长："老弟我已经向他们通报了修筑炮楼、进行联防的决策，他们都无异议。"南霸天："那就好。"

驻地上，十几个女战士围坐在连部竹桌边。连长匆匆走进来："都到齐了，今天的会议是布置到五指山下抢收稻子，一是为了补充娘子军的军粮，二是分给山里的贫苦百姓。"洪常青："我们要抢收的稻子是地主符山虎家的，有一百多亩，收割回来能有几万斤，我们留下少部分做军粮，大部分分

给老百姓,能解决几百户人家的吃饭问题,所以,这是个一举两得的行动。"

连长:"一排在家留守,二排和老乡一同抢收,三排负责警戒,大家听明白了吧?"

琼花站了起来:"连长,我请求一班参加抢收稻子的行动。"连长刚要表态,洪常青先开了口:"说说理由。"琼花:"一班是娘子军的主力班,武器最好,全连唯一的一挺机关枪在我们班,在我们抢收稻子的时候,要是被炮楼上的敌人发现,我们班可以更有效地阻击敌人,掩护抢收的战士和老百姓。我们这次行动不能轻敌,那一百多亩地距离敌人的炮楼不到四里路,若是敌人发现我们的行动,只需十几分钟就能赶到,所以阻击任务会很艰巨。"

洪常青站起来:"好,说得好。连长同志,我看可以批准一班参加行动。"连长点点头:"一班暂时划归三排,大家做好战斗准备,夜里 11 点整,到达指定地点,进行抢收。"

淡淡的乌云遮住了月光。女战士和许多老百姓一同收割水稻。几个女战士持枪警戒。洪常青小声向几个人布置："收割下来就马上捆好，够一担就挑走一担，不要大队行动，确保割下来多少稻子就运走多少，天亮之前，必须全部撤离。"几个班排长低声地："是。"洪常青弯下腰，加入了收割的行列。

不远处耸立着炮楼，枪眼中闪烁着微弱的灯火。一排女战士趴在土岗后面。琼花和连长挨着，监视着炮楼的动静。琼花指指炮楼，小声地："真想再烧掉它。"连长："你又想违犯纪律了？"琼花："纪律不会违犯，但想法也不会消失。"连长点点头："我也是一看见敌人就想开枪，但打仗是讲战略战术的，让敌人多蹦几天是为了更彻底地消灭他们。"琼花："连长，我已经明白这个道理了。"

雅琴爬了过来："连长，炮楼里出来了几个敌人。"琼花立刻警惕起来："机枪，准备。"一个女战士把机枪架到土岗上面。连长："继续监视，注意，敌人没发现咱们之前，绝对不能开枪。"雅琴："是。"琼花："连长，我去侦察一下吧，以免敌人有什么让我们意想不到的动作，那我们就被动了。"

连长考虑了一下，点点头："千万不能暴露目标。"说完，她拿过琼花手中的步枪，把自己的手枪交给了琼花。琼花接过手枪，感激地看看连长。

城墙低矮残破，门楼也不壮观。城门前，一张长方桌上摆着一个酒坛和一排大碗。南霸天站在桌前，丫环举着遮阳伞。老四和一些乡绅站在他后面。胡营长骑马从城门中出来，左右跟着四个卫兵。南霸天迎了上去。胡营长翻身下马，喊了声："立定！"已经出了城门的队伍停止了前进，最前面是抬重机枪的士兵。

南霸天："胡老弟，南某带领椰林镇全体乡绅大户，来为前往五指山剿匪的国民革命军官兵送行。"南霸天一挥手："倒酒。"老四抱起酒坛，把酒倒进大碗中。南霸天端起一碗，送给胡营长，然后自己也端起一碗。胡营长："保家卫国乃革命军人之天职，清除五指山的匪患是胡某人义不容辞的责任，有这么多父老乡亲的关爱，此次出征，必能大胜而归。"他仰起脖子，一饮而尽。南霸天也喝光了碗里的酒。

南霸天："共匪乃南某心腹大患，就是南某全家饿着肚子，也要保证国民革命军的将士有饭吃，他们吃饱了，才有力气消灭共匪！"老四："是！"胡营长握住南霸天的手："有南兄这番为国舍己之情，何愁不能铲除共匪。请南兄放心，椰林镇的安宁太平指日可待。出发！"胡营长翻身上马。

农家小院外，戒备森严。门口拴着几匹战马，不时有国民党军官出出进进。房间内，几个军官围在方桌边抄写着什么。司令官站在一张地图前观看着。地图上，几个巨大的箭头指向五指山。女报务员走过来，递上一张纸片："总座，广东急电。"

司令官接了过来，看罢："参谋长。"参谋长从桌边站起来。司令官："前线有什么新的进展？广东来电询问。"参谋长来到地图前，指点着说："先头部队已经和共军交火，二团正从侧面插上，独立营沿万泉河直上五指山腹地，五团对共匪后方形成包围态势，后续部队全部到达指定地点集结，随时可以开始进攻。"司令官："好，报务员。"女报务员一个立正。司令官："回电。"女报务员拿起纸笔。

枪炮声接连不断。不远处有硝烟升腾着。不时出现跑动着的红军战士。十几张竹床上躺着伤员。女护士为他们包扎着。林风紧张地为一个伤员做着手术。

王师长带着警卫员匆匆向师部走来。一声尖锐刺耳的声响由远而近。警卫员把王师长扑倒在地，自己压在了他身上。炮弹爆炸了，硝烟四起。王师长从土里钻了出来，骂了声："狗娘养的，炸到我门口来了。"警卫员动弹了一下，慢慢爬起来，一缕鲜血从额头冒出。王师长："你受伤了，快包扎一下。"警卫员："没关系，要不了我的命。"

硝烟中，一面国民党的军旗插上了山包。几个士兵欢呼着。

王师长在师部冲一个头上包着绷带的红军干部喊着："一定要给我守

住,守上三天三夜,预备队我有,但现在不能给你,不到关键时刻,一个预备队都不上!"红军干部:"师长,我这个红一营只剩下不到两个连的兵力了,你让我把他们拼光了吗?"

王师长:"你不是还活着吗?不是还有两个连吗?要打到最后一个人!广东省委传达了中央的指示,寸土必争,不能让国民党占据一丝一毫苏区的土地!"红军干部给王师长敬了个礼:"是,我一定守住!"王师长把声音放低了些:"你是我的老部下了,我相信你不会让我失望的。"红军干部转身出了门。

王师长:"参谋长。"一个年轻干部跑过来:"王师长。"王师长:"现在形势如何?"年轻干部:"形势很严峻,根据地边缘几个阵地相继失守,一营和三营损失比较大,不过敌人要想进入根据地腹地,恐怕也不是那么容易。"王师长:"我以琼崖苏维埃主席的名义,号召全体苏区军民投入保卫苏维埃的战斗,坚定地执行中央和广东省委的指示,拒敌人于苏区大门之外!"年轻干部:"我马上让人分头传达。"王师长:"小庞。"小庞跑了过来:"到。"王师长:"你马上让通讯排派人把放在外面的新一连、娘子军连,还有特八连、山林支队都调回来增援,参加保卫苏区的战斗。"小庞:"是。"他敬了个礼,转身就走。王师长又叫住他:"小庞,这样,你去娘子军连,亲自告诉常青同志,敌人的炮弹已经砸到我头上来了!"小庞:"是。"他转身向门外冲去。

王师长沉思了一下,又叫着:"阿牛。"阿牛从门外进来:"到。"王师长:"阿牛,我现在任命你为警卫排副排长,带师部警卫排的二、三两个班去增援一营,告诉刚刚回去的一营长,他要守不住就别再来见我!"

驻地榕树下,洪常青和连长走在路上。小庞骑着马赶到,他的肩膀上有血迹。小庞喘息着:"常青同志,连长。"洪常青扶住小庞:"雅琴,给小庞包扎伤口。"小庞:"不用了,赶快出发吧。"

连长焦急地:"小庞,是不是师部有紧急命令?"小庞点点头:"常、常青同志,王师长让、让我告诉你,敌人的炮弹已经砸到他的头上了。"洪常青:"糟糕,师部危险了!"娘子军战士戎装待发,连长站在前面,大声地:"同志们。"女战士全体立正。连长没有喊稍息，而是继续说："敌人将近一万兵力在猛攻师部和五指山苏维埃政府所在地，情况万分危急，中央和广东省委发出指示，寸土必争，誓死保卫苏维埃政权！王师长命令娘子军火速向师部增援，抗击敌人的进攻。大家有没有信心打败敌人？"女战士们齐声："打退敌人进攻，保卫苏维埃政权！"

喊声停息后，琼花冒出了一句："连长，敌人攻打咱们根据地，咱们不能端他的老窝吗？"连长瞪了琼花一眼："这个时候不要开玩笑了。"琼花嘟哝着："我说的是实话。"洪常青沉思着。连长："向右转，跑步前进！"洪常青猛然一抬手："停止前进。"连长惊讶地看着洪常青："党代表，你……"小庞："常青同志，王师长等着增援呢。"洪常青："暂停向师部靠拢，攻打椰林镇！"

连长严厉地："常青同志，你这是违抗军令！"洪常青："将在外，君命有所不受。"小庞："那我怎么向王师长交代呀？"洪常青："你跟我一块去打南府，我另派人向王师长汇报。"连长："我不同意。"

洪常青低声地："连长同志，你不觉得琼花的启示非常好吗？我们一百多人增援师部，当然可以抗击一部分敌人的进攻，可是绝不能从根本上解决问题。但是，我们要是能够趁敌人后方空虚之际，打下椰林镇，拿下南府，活捉南霸天，对敌人的震慑力可能会比增援师部一个营、一个团都厉害。就算敌人不因为后路被断而解除对苏区的进攻，起码会分散相当的兵力来给椰林镇解围，那师部的压力不就减轻了许多吗？"

连长："你说的有道理，可红军纪律第一条就是服从命令听指挥，我们不服从王师长的调动，不是严重违犯军纪了吗？"洪常青："在这种严峻形势下，不能用教条主义来束缚手脚。"连长："我是怕……"洪常青："怕什么？怕负责任？好，这个责任还是由我来负。"连长："我就是怕责任由你一个人负。马上召开紧急支委会会议，由支委会来做决议，有责任，咱们五个支委一块负！"洪常青："好，真正体现党指挥枪的原则。不过，最多开十分钟。"连长："支委开会，同志们稍息。"

连部支委会上，洪常青决断地："不再争论了，同意打椰林镇的同志举手。"连长和三个排长都举起了手。洪常青自己也举起手。洪常青："一致通过,二排长带一个战士向王师长汇报,其余的同志马上出发。"

城门下,行人不多,团丁盘查严格。一身西装革履的洪常青骑马走了过来,小庞跟在后面。两个团丁端起枪,拦住去路:"站住,检查。"小庞:"我们洪少爷是南府贵客,检查什么?"两个团丁相互看了一眼,小声嘀咕:"是南府贵客呀!"阿福从城楼上探出脑袋:"是洪少爷,南爷的贵客,快放行!"说完,他转身就往城楼下跑。

南霸天和打扮得花枝招展的姨太太在书房站立着。洪常青大步走了进来。南霸天:"洪老弟,别来无恙?"洪常青一抱拳:"托南爷的福,平安顺利。"姨太太:"洪少爷请坐。"洪常青点点头:"谢谢夫人。"他一招手:"小庞,上礼。"小庞提进来一个箱子,放在桌子上,然后退出门去。

南霸天:"怎么能让洪老弟破费。"洪常青:"礼尚往来嘛,都是些补品,给老太太和夫人补补身子。"姨太太:"那就谢谢洪少爷了。"南霸天:"洪少爷旅途辛苦,已经安排好客房,稍事休息,洗浴更衣。片刻之后,请洪少爷用餐。"

夜晚,院子里一张圆桌,上面摆满美味佳肴,洪常青、南霸天、南母、姨太太和几个乡绅围坐在一起。

小庞一副无所事事的样子走出南府大门,还冲站岗的团丁打招呼。团丁也客气地点点头。小庞向街道的右边走去。老四从左边过来,看看小庞的背影,站岗的团丁:"四爷。"老四问:"洪少爷的随从大天黑的去干什么?"团丁:"那位兄弟没说。"老四:"笨蛋,没说你不会问呀。"团丁:"是,我这就去问。"老四:"废物,人家都走出去几十步了,你再上去问干什么,不是找骂吗?"说着,他自己跟了上去。

街上大部分店铺还没关门,不时有行人来来往往,挑担的小贩叫卖着。小庞来到骑楼下,放慢步子,小心地四处张望。杂货铺前,穿着黎族服饰的阿菊背着竹篓从里面闪身而出,站在砖柱旁。小庞迅速地走到她身边,低声说:"一切正常,告诉连长,进攻前一定要和我们联络一次。"阿菊:"怎么联络?"小庞:"不是说好了吗?派人进南府,和常青同志接头。"

老四盯着小庞和阿菊，冷笑了一声。他看见过来两个巡逻的团丁，冲他们一招手："跟我来。"杂货铺前，小庞的肩膀被拍了一下。他一惊，伸手就要掏枪，可手被紧紧抓住了。老四嘿嘿笑着："你没我动作快。"两个团丁过来："四爷，那个黎妹不见了。"老四一愣，拿枪顶住了小庞："和你接头的那个黎妹呢？"小庞："什么接头？"

老四："别跟我装傻！我拉过八年杆子，你用的这招我都用过。"小庞："我是逛大街来了，你说的我不明白。"老四："跟我走，一会儿我就让你什么都明白了。"他掏出小庞腰里的手枪，逼着他向南府方向走去。

南霸天和洪常青相对而坐，面前摆着茶水和水果。南霸天："洪老弟，咱们头回生，二回熟，不是外人了。我想和你请教一下购买军火装备我椰林镇团丁的事。"洪常青："南兄不是说我下次返回海南已经天下太平了吗，还要军火干什么？"

南霸天有点尴尬："这……大股共匪虽被剿灭，但可能有漏网之鱼继续骚扰乡里，另外，南海常有海盗出没，椰林镇有上千渔民，也不能不防，这都需要武器。"洪常青："南兄大概需要多少？"南霸天："多多益善。"洪常青："南兄想全民皆兵？"

南霸天放低了声音："洪老弟，你是生意人，这是一条难得的财路呀。政府禁止民间买卖军火，海南众多乡镇的首脑为保住地盘，都想方设法武装自己，只要你能搞来武器，何愁卖不出个好价钱。"洪常青："那我就仰仗南兄发上一笔军火财了。"南霸天："彼此彼此。"

门外传来老四的声音："南爷。"南霸天："进来。"老四走了进来。南霸天："什么事？"老四看着洪常青："洪少爷，您的随从呢？"洪常青："吃完饭，在客房休息呢。"老四冷笑一声："他不在客房。"

洪常青警觉起来："老四怎么对洪某的随从感起兴趣？"老四："他在街上和一个女人秘密接头，被我抓住了。"洪常青大笑起来："和女人秘密接头？怕是被椰林镇的秘密女人滋扰吧？"南霸天皱着眉："老四，你不要绕来绕去的，有话就对洪少爷直说。"

老四："小庞鬼鬼祟祟地出了门,直奔杂货铺,那里有一个黎妹等着他。两人不知说了什么,我上去捉拿,那黎妹就跑掉了。"南霸天沉思了一下,笑笑:"洪少爷的随从血气方刚,跟洪少爷出门许久,对女人感兴趣没什么大惊小怪的。"老四:"南爷,您不记得了,上次他们来,送上门的漂亮姑娘都不要,他们看不上眼。"

洪常青猛地一拍桌子,大喝一声:"那该死的奴才呢?叫他进来!"老四看看南霸天。南霸天点点头。老四跑出门去,很快把小庞推了进来。

洪常青站起身,走过去,冲着小庞就是一脚:"给我跪下!"小庞连忙跪下去:"少爷,我、我冤枉啊。"洪常青:"你一点儿都不冤枉,在街上勾引不知身份的女人,败坏我洪家门风,要不是让老四看见,你不就得手了?"小庞:"我没见过黎妹,就想……谁知黎妹不挣皮肉钱,还骂了我。少爷,我再也不敢了,您就饶了我这一次吧。"

南霸天站起来:"洪老弟,消消气。男人出门在外,找个女人消遣消遣,人之常情呀。老四!"老四:"南爷,请吩咐。"南霸天:"把海口来的两个女戏子给洪老弟和这位兄弟送到客房去。至于赏银嘛,让管家支付。"

洪常青一摆手:"不用了。起来,回客房我再教训你。"他又踢了小庞一脚。小庞连忙爬起来,跟着洪常青走了出去。

老四看着洪常青和小庞的背影消失:"南爷,我觉得可疑……"南霸天:"什么都别说,派人监视他们,再调两队团丁在周围,城门加强戒备,所有团丁都不能睡觉,随时准备出动。"老四:"干脆,把他们先关起来,没事再放了。"南霸天:"愚蠢!我和洪少爷有大笔军火生意要做,就因为他的随从可疑,大动干戈,得罪了洪少爷,军火生意不就黄了吗?你的弟兄们也还得像义和团似的耍大刀。"

街上的店铺纷纷关门。一队团丁扛枪跑过去,几个团丁巡逻着。连长和几个女战士蹲在芦苇丛中,透过芦苇的缝隙观察。连长担忧地:"是不是党代表他们出了问题?敌人怎么突然加强了戒备?"一排长:"干脆我们马上进攻,趁敌人还没部署完毕,打他个措手不及。"连长:"不行,党代表分手前说,一定要和他联络之后才能开始行动。"

琼花:"连长,我进南府和党代表联络。"连长点点头:"你和叶容进南府,想办法联络上党代表,红莲和阿菊再进镇上,搞清敌人新的部署情况,无论如何,我们要在天亮之前开始攻打城门。"琼花等人:"是。"

琼花和叶容把身子贴在院墙的阴影中,小心地行进着。

客房里,洪常青来回踱着步子。小庞坐在椅子上愁眉不展。

客房外,团丁巡视着。他听到屋里有低低的谈话声,悄悄溜到门前,把耳朵贴上去。洪常青突然闭上了嘴,指了一下门口。小庞也听到声音,不由分说,冲过去,一把拉开了门。团丁站在门框中间,两眼瞪得大大的,双手伸向小庞。小庞拨开他的双手,后退一步,掏出手枪。团丁自己向前倒了下来,他的背后插着一把刺刀。

琼花出现在小庞面前。她身后,叶容在警戒着。小庞惊喜地:"琼花!"说着,他把团丁的尸体拉进门里,让琼花和叶容进来,关上了门。洪常青握住琼花的手:"好,我知道连长一定会派人来和我取得联系。"琼花:"我们发现敌人在加强戒备了,城门增加了防卫力量,连长怀疑敌人是不是已经觉察到我们攻城的计划。"

洪常青沉重地点点头:"敌人确实已经产生怀疑,虽然仅仅是怀疑,可南霸天这只老狐狸也做了周密的防范。他共有五百团丁,三百多在守炮楼,镇子里应该还剩下不到两百,他把一百多全调到南府周围,四个城门各有二十多人虚张声势。因此,城门可能好攻下来,但枪声一响,南府全力防守,我们进攻的难度就大了。若是在短时间拿不下南府,炮楼的团丁回来增援,他们火力不强,一半有枪,一半用大刀,我们倒可以打阻击,可要是攻打根据地的敌人赶来增援,我们肯定会被敌人内外夹击。"

琼花:"我们的目的不就是让进攻苏区的敌人撤回来吗?"洪常青:"这是我们的目的,但要是整个娘子军被敌人包了粽子,也不是我们希望的结果,这代价太大了。"琼花:"那怎么办?"洪常青果断地:"叶容,你马上回去通知连长,不采取强攻城门的方式了,让所有战士用各种方法进入镇子,向南府集中,把南府外的敌人和南府隔离开,不能有效支援南府。我和琼花、小庞擒贼先擒王，想办法活捉南霸天，里应外合，占领椰林镇。告诉连长，若是我们在南府里不成功，不管我们发生什么情况，她都必须带人撤出战斗！"叶容低声："是。"

芦苇丛中，红莲和阿菊蹲在连长身边。连长点点头："好，你们侦察的情况很重要，说明敌人确实加强了防守。"叶容蹿了过来。连长："你可回来了。"叶容急促地："连长，党代表让我们停止进攻城门。"

城墙下，有人把拴着石头的绳子甩上城墙，拉紧后，爬了上去。紧接着，又一个人爬上去。可以看清是红军女战士。城墙上，一个女战士蹲下警戒，另一个女战士拉着绳子往上拽人。一排女战士趴在排水沟边上。阿菊钻出水面："臭死了。"连长小声地："通不通镇子里？"阿菊点点头："通。"连长一挥手："下。"

一间民房堵在城墙豁口处，雅琴轻轻敲着后窗："老乡，老乡。"里面传出带着睡意的声音："我们家是穷人，没东西让你抢，要抢抢南爷去。"雅琴："我不是强盗，我、我是走娘家，回来晚了，进不了镇子，从你家过一下。"后窗打开了："一个女人家，深更半夜的……"枪口伸了进去："别出声，我们是红军。"

月光朦胧。南霸天卧室前，哑巴丫环端着一个大碗走了过来，站岗的团丁拦住她："小哑巴，干什么？"哑巴丫环咿咿呀呀。团丁："给南爷送汤？"哑巴丫环点点头。团丁："南爷睡了，这汤一定是大补的，就犒劳我吧！"他伸手打开碗盖。团丁一愣："空的？"

小庞从墙上一跃而下，扑到了团丁身后，搂住他的脖子，刺刀扎进了他的胸口。团丁手中的碗盖向地上落下。从院门冲进来的琼花飞身而至，在碗盖即将落地的一刹那接住了。哑巴丫环惊恐地捂住了嘴巴。琼花把碗盖轻轻地放在了哑巴丫环手中的碗上，示意她离开这里。哑巴丫环犹豫了一下，连忙走出院子。

洪常青提着手枪走来，用枪口往卧室一指。琼花几步上去，把刺刀伸进门缝，拨着门闩。小庞警惕地观察着四周。

卧室内，南霸天光着身子躺在床上，打着呼噜。姨太太穿着肚兜，趴在他的胸口上。拨动门闩发出轻微但刺耳的声音。姨太太动了一下，睁开眼睛，侧耳听着，然后扭头向门口张望。南霸天推开姨太太，翻了个身。姨太太："爷，爷，醒醒，有人拨门闩……"话音未落，门开了。

琼花一个箭步冲进来。姨太太尖叫一声，惊慌失措地用被单蒙住了脑袋。南霸天懵懂中本能地伸手去抓枕头下面的手枪。琼花的刺刀顶住了他的胸口。南霸天的手不敢动了。

琼花把枕头下的手枪抽了出来，插在了自己腰间。

洪常青大步走到床前："南爷，你成了我的俘虏了。"南霸天："洪少爷！你是……"洪常青："中国工农红军！"南霸天一下子垂下了头，喃喃地："不愧拉了几年杆子，还是老四眼毒啊。"

洪常青："琼花，把他绑起来！"南霸天的头又抬了起来："吴琼花？！"琼花把挂在床头的裤腰带拽在手中，一边捆绑着南霸天，一边咬着牙说："南霸天，是我！想不到会有今天吧？"南霸天被琼花用力的捆绑勒得呲牙咧嘴。琼花顺势把一只袜子塞进他的嘴中。

洪常青："琼花，你看押着南霸天和他的姨太太，我和小庞去解决院内的团丁。"琼花咬牙切齿地："我会好好看着他的。"洪常青严肃地："我不希望再看见的是南霸天的尸体。"

夜幕正在消退。南府大门内，站岗的团丁坐在门洞里，抱着水烟筒在抽。洪常青和小庞慢悠悠地走了过来。团丁："口令。"洪常青："是我。"小庞："我们家洪少爷。"团丁点头哈腰地："洪少爷起这么早。"小庞到了他身边，把手枪顶在他腰眼上。团丁："别开玩笑，我怕痒。"

洪常青也亮出了手枪："不是开玩笑，我们是红军，照我的话做，要不就要你的命！"小庞把团丁挂着的四颗手榴弹解下来，拧开盖子，导火索套在手指上。洪常青："把门闩摘下来。"团丁乖乖地摘下门闩，洪常青："把里面的枪都收出来。"小庞押着团丁往偏房走去。这时，团丁宿舍的门开了，一个团丁背着枪出来换岗。他一眼就看见同伴被人用枪押着，慌忙端起枪大叫:"有共匪!"洪常青抬手就是一枪。团丁捂着胸口倒了下去。小庞用手榴弹一下子砸昏被俘的团丁,冲进了团丁宿舍。

团丁队部里,老四和几个团丁拿着麻将牌发愣。老四:"是不是南府里响枪?"阿福:"好像是响了一声。"手榴弹的爆炸声传来。老四一下子跳起来:"妈的,真出事了!"手榴弹的硝烟从团丁宿舍里冒出。里面传出惨叫:"我们投降,红军爷,我们投降!"蹲在门口两侧的洪常青和小庞端着枪,对准门口。一支又一支步枪从门里扔了出来。最后扔出了一挺机关枪。小庞一把就抓起了机关枪,兴奋地冲洪常青晃了晃。

娘子军女战士从街道骑楼下、小巷中涌了出来。连长命令:"二班监视城门楼的敌人,其余的跟我向南府冲。"红莲带着十来个女战士就地卧倒。连长带着女战士向响着枪声的地方冲去。

老四站在门前,观察着情况。阿福:"四爷,是不是那个姓洪的打劫?"老四:"就怕他是红军!"阿福:"红军?那……"老四:"集中所有弟兄,保卫南府。"两个团丁狼狈地跑来:"四、四爷,那边来了几百共匪!"老四:"几百共匪?"团丁:"我们四个巡逻的弟兄还没来得及举枪,就被撂倒了两个。"老四:"阿福,你带两个小队阻击从街上来的共匪,我带其余的人到南府,看来南爷是凶多吉少了。"小庞趴在了南府门楼上,架着机关枪点射。洪常青趴在门后,身边摆着几十颗手榴弹,不时从门缝中甩出去一颗。骑楼下几十个团丁躲在砖柱后面,向对面的南府开枪。另有一股团丁,向连长冲来的方向射击。还有一些团丁在屋顶和骑楼上的窗口居高临下地扫射。老四挥着双枪:"弟兄们,冲!冲进南府,救出南爷,有重赏!"十几个胆大的团丁立刻就向对面冲去。手榴弹爆炸了,倒下两个团丁。更多的团丁继续冲来。

女战士借着街道两边的砖柱向前进攻。团丁也借着砖柱阻击。街道中间,一辆木轮车被推翻在地,两挺机关枪支在后面,疯狂扫射。女战士的进攻受阻。小庞在门楼上喊着:"党代表,敌人火力太猛,连长她们攻不过来。"洪常青又扔出去一个手榴弹,回头大叫着:"琼花,把南霸天押上来!"院子里的琼花回答:"我早准备好了。"

老四冲了出来,几十个团丁离南府大门近在咫尺。老四喊着:"洪少爷,投降吧,你扛不了多久啦!"南府大门被拉开了。里面燃烧起熊熊的篝火,火光中,南霸天五花大绑地被推到了门前。老四愣住了,连忙挥手:"停止射击,都他妈给我别开枪了!"

黎明时分,琼花在南霸天身后,一手拉着绑住南霸天的绳子,一手握着锋利的刺刀喝令:"南霸天,命令团丁放下武器!"南霸天蛮横地:"大丈夫可杀不可辱,让南某投降,休想!"琼花二话不说,刺刀顶在南霸天的脖子上。洪常青冷笑着:"南霸天,别充好汉了,你做不出宁死不屈的样子。"琼花的刺刀不由分说地割破了南霸天的脖子,鲜血流淌下来。南霸天立刻瘫软下去。后面的姨太太一下子冲到了门前,跳着脚喊:"老四,你这个该死的,想要害死南爷吗?快让人放下枪!"

琼花提起南霸天:"不要装死,现在不会让你死,快喊话!"南霸天终于屈服了:"老四,南某认栽,让弟兄们放下枪吧。"老四:"南爷,放下枪共匪也不会给您一条生路的!"南霸天:"混蛋,现在我还活着,我活着椰林镇就是我说了算!"老四叹了口气:"交枪!"说完,他转身溜走了。阿福带着团丁把枪扔在木轮车旁。女战士们端枪监视着。

连长和十几个战士冲进南府院内。洪常青迎上去,和连长握手。洪常青:"敌人都投降了?"连长:"四个城门的敌人得知南霸天让放下武器后,都逃跑了,镇子里的敌人全部缴械,有几十支步枪,两挺机关枪。"洪常青:"阻击炮楼敌人的部队派出去了吗?"连长:"把二排派出去了,不过要是有逃兵向炮楼的敌人通报情况,他们也不敢再来送死了。"洪常青:"马上召集镇子上的老百姓,开仓放粮,公审南霸天。吴琼花呢?"琼花:"党代表,我在。"洪常青:"你熟悉椰林镇的情况,快去组织老百姓,看押南霸天的任务交给雅琴。"琼花:"是。"

一群老百姓犹犹豫豫、慢慢腾腾地在土路走着。琼花和几个女战士在大声动员:"乡亲们,南霸天被红军抓住了,我们要公审他,大家都要去,有仇的报仇,有冤的报冤,还要把南霸天家的粮食、衣服、钱财分给穷苦人,快点走啦!"一个老人:"南爷的势力大呀!"一个女人:"我们不敢去。"红莲骂着:"你们是不是受苦人? 真没觉悟!"

琼花抬头看见了前面南家祖祠,她脸色一沉:"有什么可怕的,不就一个南霸天吗? 我今天让他彻底的威风扫地!"她向祖祠冲去。

祖祠建筑已经完工,屋檐下放着十几个油漆桶和两个高凳子,有几个工匠在高凳子上刷油漆。琼花冲了进来。一个丫环哆哆嗦嗦地站在院子里。琼花问:"看守的团丁呢?"丫环:"跑了。"琼花用枪口一指工匠:"下来。"工匠连忙从凳子上下来。琼花:"把油漆都给我泼到门窗上!"工匠犹豫着。跟进来的红莲大喝一声:"快点!"工匠只好抱起油漆桶,把油漆和桐油泼上门窗。

琼花大步走进祖祠大殿。琼花来到牌位前,她猛地把所有牌位全扫到地上,然后抓起一根粗大的蜡烛,转身走了出来。工匠已经把十几个桶内的油漆和桐油倒光,退到了一边。一些老百姓也涌进祖祠院内来看着。琼花大声地:"乡亲们,你们不要怕,南霸天也会是这样的下场!"她把蜡烛扔向门窗。火苗突地冒起,立刻连成一片。祖祠顿时被大火笼罩住。

南霸天被绑在书房,雅琴端枪看守着他。南霸天花言巧语地:"小妹妹,看你细皮嫩肉,不像是干农活的,跟这些农妇瞎闹什么? 你放了我,我给你十根金条。"雅琴:"闭上你的臭嘴!"

姨太太在书房门口哭闹:"我家爷已经让手下投降了,你们不能再难为他呀! 我要进去陪着他,要死也和他死在一起。"站岗的小庞用枪拦住她:"不许进去!"姨太太还要往里闯。小庞推了她一把。姨太太立刻倒在地上,把衣服一扯,露出半截胸脯,撒泼耍赖着:"你欺负我,我不活了,想睡我你就睡,反正我早是残花败柳了,你们把我带上五指山吧,我死给你们看……"她把大腿也露出来。小庞躲闪着。雅琴往书房门口走了两步:"把衣服穿好了,不许胡说八道!"

南霸天猛地站起来,踢了书柜一脚。书柜的门开了,露出了一个洞口,南霸天一头扎了进去。雅琴听见动静,回过头来,愣住了。

琼花和红莲急匆匆地走过来。琼花:"雅琴,老百姓都召集来了,快把南霸天押出来公审。"屋里传出雅琴的哭腔:"南霸天跑了!"琼花冲进书房,雅琴指着洞口,不知所措。

　　小庞伸头向里面张望着,琼花一把推开小庞,钻进了洞口。小庞:"琼花,危险!"红莲也跟了进去。小庞:"赶快向你们连长和党代表报告。"说完,他也跳了进去。

　　万泉河边,老四和阿福带着几个团丁在四处张望。阿福:"他妈的,炮楼的弟兄也不来增援咱们。"老四:"南府都被红军占了,他们哪还敢来。阿福,你到前面的村子找两匹好马,马上去向胡营长求援,就说有一千共匪围攻椰林镇。"阿福:"是!不等南爷了?"老四:"南爷要是有福之人,一定会找机会从地道逃出来的,我等他,你快去向胡营长报信!"阿福带着一个团丁撒腿就跑。

　　草丛在动,南霸天的脑袋露了出来。老四惊喜地:"南爷,我们可等着

你了。"南霸天站出来；"快给我松绑呀。"老四连忙给南霸天解下绳子。南霸天一把抽出老四腰里的一支手枪："吴琼花在后面追我呢！"

话音未落，后面传来琼花愤怒的喊声："南霸天，你逃不掉！"琼花钻出草丛，举枪就射。南霸天也开火了。枪声响起。一个团丁倒下。琼花的肩膀也冒出鲜血，趴在了地上。老四吼叫着："给我挡住！"他拉着南霸天就跑。

红莲把琼花抱在怀里，不停地开枪射击。小庞钻了出来，卧倒开枪。又一个团丁倒下。老四和南霸天消失在草丛中。琼花大叫着："南霸天，早晚有一天你要死在我的手上！"

山谷两边都是山林，不远处有硝烟升起，不时传来枪声。十几个国民党士兵在一顶帐篷外守卫着，几匹马拴在木柱上。阿福坐在一个弹药箱上，狼吞虎咽地吃着西瓜。副官使劲抽着纸烟。

胡营长大步走了进来，一挥手："总座命令，火速增援，一定要把椰林镇从共匪手中夺回来，否则就被断了后路。"副官："是！不过，阿福说有上千红军，就咱们一个营……"胡营长："不止咱们一个营，牛胖子的四十三团有两个营从南面包抄过去，还有重机枪营的一个连跟咱们行动。"副官："好，共匪就成了瓮中之鳖。"胡营长："马上让弟兄们停止进攻，紧急集合，立刻出发，太阳落山前一定到达椰林镇外围，对椰林镇形成包围态势。"

书房里，洪常青拿着毛笔，潇洒地写出一条又一条标语。叶容跑进来："党代表，你写得太慢，我们都贴完了。"洪常青："我一个人种地，你们几十个人吃粮，要累死我呀。"叶容："你说的保证供应。"洪常青一指地上："这不是又有一堆了？"洪常青放下毛笔："行了，贴完这些就到南府门前集合，准备撤离。"

女战士们集中在南府门前，连长和洪常青站在台阶上。连长正要开口，突然腿被人抱住了，她低头一看，是哑巴丫环。哑巴丫环咿咿呀呀地比画着，脸上的神情很迫切。连长莫名其妙。边上躺在担架上的琼花解释着："连长，她要跟我们走，当红军。"连长摇摇头："她年龄太小，增加不了战斗力，还会成为累赘。"

洪常青小声对琼花说："琼花，你告诉她，暂时让她还留在南府，以后我们再打南府的时候她可以成为内应，这也是参加了革命，也是参加了红军。万一有什么紧急情况，让她和黎族老猎户联系。"琼花点点头，招手让哑巴丫环来到她身边。

南霸天等人狼狈不堪地坐在一棵大树下。老四："南爷，我让人给您用树枝做一副轿子，抬着您走。"南霸天："不走了，就在这等，我不信司令官会甘心让共匪断了他的后路！"老四冲团丁一挥手："警戒去，再给南爷找点吃的来！"

万泉河边，娘子军以急行军的速度走来。洪常青和连长站住了。洪常青："连长，你说敌人是从大路赶回还是从小路赶回？"连长："我看都有可能。"洪常青："那就是说，我们大路小路都不能走，否则就会和敌人迎面碰上。"连长："我明白你的意思，从没人走过的地方进山。"洪常青点点头。连长立刻大声地："九班警戒，全连渡过万泉河。"洪常青："会水的同志帮助不会水的同志！"女战士们纷纷跳进河水中。

炮声隆隆，枪声不断。师部，王师长盘腿坐在地上，大口抽着竹烟筒。年轻干部："师长，娘子军现在还没赶到，是不是出了什么意外？"王师长沉缓地说："让她们向师部集中，也没指望她们能够起多大作用，主要就是怕她们被敌人给一口吞了。说实话，驻扎在五指山边缘的这些连队，我最担忧的就是娘子军了，终究是女人啊，咱们这些做男人的……"

阿牛冲了进来："报告师长，我们正面的敌人突然撤出了一半兵力，进攻势头马上就弱了，一营长让我向你汇报。"王师长站起来。又有人喊："报告。"年轻干部："进来。"一个头上包着绷带的干部进了门："王师长、参谋长，进攻我五连的敌军一个营全部撤离，据侦察员尾随侦察，敌人以急行军的速度向东北方向赶去。"

王师长来到竹桌旁，竹桌上有一张军用地图。参谋长用手划着，然后停住了："师长，只能是这里。"王师长："椰林镇！"参谋长："椰林镇发生了让敌人不得不赶去增援的事情。"王师长："后院起火了？"参谋长："应该是。"王师长猛一拍桌子："娘子军，是我的娘子军打了椰林镇！洪常青啊洪常青，我派你去娘子军是派对了！参谋长，马上组织小股精干的队伍，追着敌人屁股给我狠狠地打，几天了，我受够了让敌人往我脑袋上砸炮弹的窝囊气！"参谋长："我马上布置。"王师长："把预备队拉上去。"参谋长："拉到敌人还在进攻的几个主阵地？"王师长："对，让敌人尝尝我们的厉害！"

南府里一片狼藉。老四带着十几个团丁冲了进来。老四："把所有地方都搜查一遍，看看有没有躲起来的共匪！"南霸天走进来："搜查什么？共匪早跑光了。先去找老太太和姨太太，看她们是不是让共匪给杀害了？"团丁连忙向里面跑去。南霸天："我这是惨遭一劫呀。"老四："南爷，您先歇着吧。"

姨太太披头散发、哭哭啼啼地跑出来："爷，你可回来了！那些千刀万剐的红军把咱们家的粮食、家具、衣服、首饰都给穷鬼们分了，吴琼花那个丫头还带人把祖祠也给烧了……"南霸天的眼睛瞪大了，一把揪住姨太太："你说什么？祖祠……"姨太太："工头跑来说，都烧光了。"南霸天跺着脚咬着牙说："共产党！咱们之间算是结下血海深仇了！"姨太太抹着眼泪："爷，老太太听说祖祠给烧光了，当场就气得吐血，现在还没睁眼呢。"南霸天："你怎么不早说！快，快带我去看母亲大人。"

南母卧室，屋里已经很昏暗了，南母躺在床上，呼吸微弱，奄奄一息。南霸天冲了进来，一下子抱住了南母，呼唤着："母亲大人！您睁开眼睛，南儿回来了！妈，您可别吓唬儿子……"跟进来的姨太太叫着："丫环，拿水来！"南母慢慢睁开了眼睛，喃喃地："南儿。"南霸天跪在了床头，姨太太也赶快跪下去。南霸天："南儿在，母亲大人，南儿不孝，南儿无能，没有保护好您老人家，让您老人家受惊了。"南母眼睛突然瞪大了，急促地喘息着："南儿，祖、祖祠又让吴琼花那该死的丫头给烧了，没看到祖祠完工庆典，我死不瞑目啊……"她脑袋一歪，停止了呼吸。南霸天嘶叫了一声："妈———"他抱住南母，哭得上气不接下气。姨太太连忙给他捶着后背。老四也过来扶住南霸天："南爷,节哀啊。"

南霸天喘过气来,仰头长啸："妈,我一定要把南家的祖祠建起来,让您老人家安息,我一定要抓住吴琼花,把她点了天灯,让您瞑目。"他放下南母,站起来："老四。"老四连忙从地上爬起来："南爷,请吩咐。"南霸天："让全镇的老百姓把从南府拿走的东西全给我送回来,少一粒米就割一块身上的肉!"姨太太："还有我的首饰。"老四："夫人放心。"他冲了出去。

南霸天问姨太太："咱们的金条和大洋没让共匪发现吧?"姨太太摇摇头："除非他们把南府全扒干净了。"南霸天恨恨地："那我还有本钱东山再起!"

娘子军女战士在山林树木的缝隙间穿行。洪常青和小庞站在边上,等着连长走过来。连长："常青同志,有事吗?"洪常青："你带全连在前面的林唐村驻扎下来,那里应该有赤卫队接应,我和小庞马上去师部向王师长汇报情况,接受新的任务。"连长："让雅琴她们班做警卫吧,敌人的大部队还在进攻苏区呢。"洪常青："人少就更不容易被敌人发现。放心吧,小庞对这一带很熟悉。"小庞："我带常青同志从猎人打猎的小路走,这些小路平时根本不会有人走。"连长点点头："好,我等你回来。"洪常青："万一要转移到新的宿营地,你留下记号就行了。"

披麻戴孝的南霸天和胡营长坐在厅堂。胡营长："南兄,一定要节哀,所有的深仇大恨都记在共匪的头上,总有一天要报仇雪恨的。"南霸天："可我拿什么报仇雪恨?椰林镇两百团丁百十条长枪,三挺机关枪和四支手枪,全让共匪给缴获走了,南某现在是一腔仇恨,赤手空拳,自身都难保啊。"胡营长："副官。"副官跑了进来："到。"胡营长："给南爷装备上十个保镖的长短枪支和弹药,让南爷保家护院。"南霸天苦笑了一下："胡老弟,你的心意南某铭刻在心,可、可南某目前真是不把十来条枪放在眼里了。"胡营长："南兄的胃口到底有多大?"南霸天："把我的五百团丁全装备上崭新的'捷克造',另外每个小队至少一挺机关枪,再建立一支手枪队。"

胡营长："南兄,就是能够绕过政府,找关系搞到这些武器,也要一笔非常大的开支呀。"南霸天："胡老弟估计得多少钱？"胡营长："按行情，最少也得五万大洋。"南霸天："南某在椰林镇苦心经营这么多年，五万大洋还拿得出手。"胡营长："还得外加胆量。"南霸天："南某从生下来，还真没怕过什么。"胡营长："好，那我给南兄寻找机会。"

洪常青和小庞匆匆来到师部，洪常青大声地："报告。"里面传出王师长洪亮的声音："是常青同志吧，快进来！"洪常青和王师长面对面地坐在竹凳子上，边上是参谋长。王师长："好，我都明白了，敌人进攻苏区，我调你回来增援，你自作主张，去打椰林镇，缴获了一百多条步枪和三挺机枪，现在又来向我申请军法处置，没错吧？"洪常青点点头。

王师长站起来，背着手来回走了几步，站住了："洪常青，我要是处分你再加上军法处置，我估计不仅娘子军的女孩子们要跟我抗议，就是师部这里抗击敌人进攻的战士们也要找我来打抱不平。"洪常青："为什么？"王师长："因为你的围魏救赵成功了，几个营的敌人一撤走增援椰林镇，我来个不大不小的反攻，敌人怕被内外夹击，全撤了！"洪常青也站起来："真的？"

王师长："洪老弟，你将功折罪了，不，你的功远远大于过，所以，不但没有处分和什么军法处置，我要给你立大功，给娘子军立大功！"洪常青："我的大功不要了，换点别的行吗？这次我们缴获的武器弹药给我们留下一部分，还有，派林风去娘子军，给琼花和几个受伤的女战士治伤。"王师长："好，我马上派从南洋归来的那个林风去。"

南霸天坐在厅堂太师椅上，头上缠着一块白布，上面有一个黑色的孝字。胡营长大步走进来："南兄，有好消息了。"南霸天："什么好消息？"胡营长走到他身边，在他耳边小声说着。说完，胡营长看着南霸天。南霸天站起来，哈哈大笑："胡老弟，此事若一举成功，南某绝不会亏待你。"

海水平静，反射着阳光。一艘渔船在扬帆行驶着。几个渔民打扮的人没有撒网，而是东张西望。前面有一座小小的岛屿，看上去没有人烟。一个瘦高个子男人从舱里钻了出来，问着："到海口还得多长时间？"一个渔民："潮流和风向不变的话，明天早晨就可以到。"另一个渔民："张爷，接货的地方……"瘦高男人："接货的地方看见海口了我再告诉你们。"

渔船接近小岛了。几只舢板突然从礁石后冲出，向渔船包围过来。渔民惊惶地："张爷，有情况。"瘦高男人："慌什么！"他注视着靠过来的舢板。舢板上，一个端枪的汉子大叫着："停船检查！"见渔船还在行驶，汉子朝天就是一枪，然后大骂着："他妈的，肯定是夹带了违禁货物，老子让你停船，接受检查！"渔船上的铁锚只好放下。瘦高男人："你们是哪路的弟兄？我们有广东省政府蒋主席签发的信函。"

几条舢板靠上了渔船。舢板上的渔网突然被掀开，一些穿红军制服的人冒了出来。穿着红军制服的老四灵活地跃上渔船，挥舞着两支手枪："你爷我是红军！"瘦高男人惊恐万分："红军？"十几个汉子爬上船。老四："据报，你的渔船上有武器，这些武器是要卖给反动团丁打我们红军的！"瘦高男人："没有，就是从南洋贩了点日用百货。"老四："搜查！"汉子们钻进了船舱。

一个渔民见甲板上只剩下老四一人，冲另一个渔民使了下眼色。两个人一同从腰里掏出手枪。老四左右开弓，连开几枪。两个渔民的胸脯冒出了血花，摔倒在甲板上。瘦高男人大叫着："谁也不许反抗！"几个汉子端枪冲出来。老四笑笑："没事，继续搜。"

一个又一个长木箱被抬了出来，放在甲板上。老四："阿福，打开箱子，看看是什么日用百货，红军用得着用不着。"阿福："保证用得着。"他用刺刀撬开了木箱。木箱里是一支支崭新的步枪。另一个撬开木箱的汉子兴奋地："四爷……"阿福："混蛋，叫长官！"汉子："长官，还有冲锋枪和机关枪。"老四一挥手："全部没收，归红军所有！"瘦高男人一下子瘫在甲板上。

第六章

　　驻地上，探视完吴琼花的洪常青从小庞口中得知师部接到广东省委的密电，说省委领导区雄同志要来海南苏区传达和落实中央重要指示，并带有部队急需的药品，师长让娘子军配合他和小庞把区雄同志从海口安全接到苏区。他听完急忙赶往连部。

　　连部竹桌上放着已经吃空了的饭碗。洪常青、连长和小庞围坐在边上。洪常青："这次我们避开椰林镇，从它的外围绕过去，走水路到海口，接到区雄同志后，还从水路返回。"连长："去的时候可以完全走水路，从万泉河支流顺水而下进万泉河，再到出海口，可回来的时候，在支流小船逆水上不来。"

　　洪常青："返回的时候，小船不能行进了，我们就上岸，所以你必须带人一路掩护和接应，确保省委领导的安全。"连长点点头："好，三天以后我就把人派出去，若发生特殊情况，我会让侦察员到万泉河出海口通知你。"洪常青："明天一早出发，早点休息吧。"

　　海面上渔火点点。渔港内灯火昏黄。一艘渔船停靠在码头。三个人影迅速地移动过来，是洪常青、小庞和区雄（三十五岁）。洪常青把一个箱子甩上船，先跳了上去，然后伸手去拉区雄。小庞在船下警戒。洪常青小声地："老大，开船。"小庞跃了上去。区雄点燃一支香烟，使劲抽了一口，说："总算离开海口这个凶险之地了，没想到党的地下组织被破坏得那么严重。"

　　洪常青："敌人围剿五指山苏区失败了，总要出口恶气，所以海口的形势就紧张了，幸亏动用了从没使用过的那条内线。"区雄："进山应该没问题了吧？"洪常青："我们都做好安排了。"

国民党营部，胡营长把金条摆在桌上欣赏着。副官在门外喊了声："报告。"胡营长连忙用挂在衣架上的军衣把金条包起来，扔在桌子下，然后说："进来。"副官走进来："报告营长，海口剿总送来紧急通报，说有共匪重要领导从广州抵达海南，要进入五指山匪区，命令在所有路口和进入匪区的必经之路设卡捉拿。"

胡营长："每天路过的人成百上千，捉拿谁呀。"副官："此人个子矮小，说四川话。"胡营长点点头："立刻通知所有炮楼下的卡子，从严盘查行人，另外在几条平时行人不多的小路再设几个临时卡子，一定不能让共匪的大头目从咱们这里通过。"副官："是。"胡营长："慢，再派两个班的弟兄，组成巡逻队，在山脚巡查。"

甘蔗地，甘蔗生长得非常茂盛，几个妇女有的在地边上锄草，有的在砍甘蔗卖。洪常青、小庞和区雄戴着斗笠走了过来。阿菊喊着："买甘蔗吃了。"洪常青站住，买了三根甘蔗，递给小庞和区雄每人一根。等洪常青等人走出了几十步，阿菊一挥手，站了起来。几个妇女每人扛着一捆甘蔗跟在了洪常青他们后面。

洪常青等人在椰林中穿行。猛然有两个女人从椰子树上滑了下来，一个是琼花，一个是叶容。她们捡起地上的几个椰子壳，大步向前走去。

突然，路边钻出十几个全副武装的国民党士兵。军官一挥手："在这里设卡！"士兵立刻站成了两排。爷孙俩背着竹篓走了过来。士兵："站住！"爷孙俩连忙站住。军官："干什么的？"老人："卖点山货，换点盐。"军官往竹篓里看了看："不是四川话，滚吧。"

洪常青等人从转弯处拐了出来。小庞一愣，低声地："有敌人。"洪常青："镇定。"区雄："有敌人怎么还摆表示安全的椰子壳？"洪常青："敌人肯定是从树林里钻出来的，退不回去了，先蒙一下。"在敌人的枪口下，三个人走了过来。

军官："干什么的？"小庞抢着说："进山挖药的。"军官盯住了区雄，一把抓住了他的胸口："小个子,你呢?"区雄:"做啥子抓我嘛,我和他们一样。"军官:"小个子,还说四川话,弟兄们,就是他了!"洪常青和小庞同时掏出了手枪,举枪就打。枪声中,军官倒下了。洪常青拉着区雄就往树林中钻。小庞开枪掩护。另一边树林中又出现了国民党士兵,大叫着:"抓共匪的大头目!"

小路的尽头,阿菊等人扔下甘蔗,从里面抽出步枪,蹲下射击。枪声清脆。琼花和叶容站住了,从腰里拔出手枪。琼花喊着:"同志们,跟我冲回去掩护党代表和省委领导!"路两边跳出了八个女战士,其中一个抱着机关枪。琼花把机关枪抓到自己手中,把手枪交给对方。

士兵一边开枪一边喊叫:"他们被包围了,捉活的!"洪常青等人被逼到了小路中间。阿菊等人也被一些士兵的火力压制住。小路的另一头传来了琼花的喊声:"党代表,我来了!"子弹雨点般地扫了过来。士兵们倒下几个,其余的向两边闪开。洪常青和小庞趁机拉着区雄冲出了包围。士兵们镇定下来后,一边射击一边追赶。

女战士们躲在树后,向追击的士兵射击。洪常青等人一边还击一边跑

了过来。琼花大喊着："党代表，你快带省委领导撤，我们掩护你们！"区雄开着枪，质问洪常青："怎么让一群女战士执行这么危险的任务？"洪常青拉住他："快撤，回去再解释。"弹雨中，两个女战士倒在了血泊中。区雄痛苦地低下头，跟着洪常青跑进树林深处。

师部挂着一盏马灯，几十个红军干部神情严肃地挤坐在一起。已经换上红军制服的区雄和王师长站在前面。王师长："我来介绍一下，区雄同志是广东省委成员之一，前敌委员会书记。他突破敌人的封锁线，来到五指山苏区，水都没喝一口，就马上召开师党委扩大会议，给我们传达中共中央的重要指示，让我们鼓掌欢迎。"红军干部们鼓掌。

区雄抬手示意大家安静，然后摘下了军帽，沉痛地说："在会议正式开始之前，先让我们为掩护我突破敌人封锁线而牺牲的两个女战士默哀。"红军干部们都站了起来，摘下军帽，低下头。区雄戴上了军帽："同志们坐下吧。"区雄的口气一转，严厉起来："我这次冒着危险来到海南苏区，是要传达和落实中共中央关于在苏区肃清隐藏在我们内部反革命的决定。同志们

哪，我们内部的反革命分子活动得非常猖狂，你们就一点察觉都没有吗？我还没进苏区，就已经感觉到了，海口的地下党组织被一个个破坏，海面上漂着共产党人的尸体，街头上挂着共产党人的脑袋啊。另外，是谁透露了我来五指山苏区的消息？敌人竟然那么准确地得知我进山的时间和路线，在我的必经之路设下埋伏。还有，五指山根据地有几千红军男战士，却要派出没有战斗力的女战士去掩护我，这里面没有问题吗？"

王师长打断区雄的话："区雄同志，娘子军的战斗力连敌人都不敢小视，接你的常青同志和小庞多次执行往返广东和海南的重要任务……"区雄猛地一拍桌子："住口！我看根子就在你这里，肃反也必须从你这里打开缺口。来人！"几个红军战士推门进来。

区雄："我以前敌委员会书记的身份命令，把王师长隔离审查！"战士愣住了。红军干部们也愣住了。参谋长站起来："区雄同志，王师长犯了什么错误？"区雄："到时候就会向同志们公布，先执行我的命令。"战士们一动不动。

王师长吼了一声："我怎么教育你们的？下级服从上级，地方服从中央！执行区雄同志的命令！"他喘了口气："我相信党不会冤枉我的！"说完，他把手枪摘下来，往桌上一放，大步走了出去。几个战士也跟出去。

区雄："同志们对肃反工作感到突然，很正常，但对中央的指示，理解的要执行，不理解的也要执行。我宣布，集中一批对党最忠诚的同志，组成多个工作小组，深入到红军各个营地，进行坚决的、深入的肃反，我也要亲自抓一个点。这样吧，看来王师长对娘子军情有独钟，我就到娘子军去，娘子军的党代表洪常青同志暂时不能回去，留在师部学习，以免干扰娘子军的肃反。"洪常青站起来，沉闷地："我执行命令。"

榕树下，娘子军排列整齐。前面站着区雄和四个红军干部，还有几个警卫人员。连长介绍着："省委领导区雄同志亲自到我们娘子军来抓肃反典型，说明上级对我们的重视和关怀，同志们一定要按照区雄同志的指示，积极互相揭发，面对面，背靠背的方式都行，目的只有一个，就是纯洁我们的队伍。解散！"

区雄和连长坐在连部谈话，边上一个男红军在记录。区雄："根据我搜集的材料，目前娘子军最有反革命嫌疑的就是你们称为雅琴的九班长，她突如其来地从南洋返回中国，又想方设法来到海南苏区，是有其不可告人的目的的，还有她的未婚夫林风，明明可以抢救活一个红军副团长，他却眼睁睁地看着不闻不问，这是在迫害我们的革命骨干力量呀。他们两人完全符合我们肃反的重点，正好林风也在你们驻地，不能给他们逃跑的机会，马上抓起来审问！"

连长犹豫："是不是掌握了确凿证据再抓人？"区雄："连长同志，你一定听过农夫和蛇的故事，你现在可不能成为那个怜悯阶级敌人的农夫啊。"连长："我执行上级的命令。"

溪水边，几个女战士在洗衣服。琼花停住手："我们都是受苦姐妹，都是被地主老财剥削压迫才来革命当红军的，怎么会有反革命呢？"阿菊："区领导强迫咱们每人必须揭发一个人，揭发什么呀？再说，咱们要每人揭发一个人，娘子军不就有一半人成了反革命了。"一个女战士："你算得不对，就每个人都成反革命了。"红莲："党代表要在就好了，他会告诉咱们怎么办。"女战士："他不在，好像就没了主心骨。"

叶容急急忙忙跑来："工作组把雅琴和林风给当反革命抓起来了，带到后面的破庙里审问！"琼花一下子站起来："他们怎么会是反革命？"叶容："我哪知道。"琼花大步向坡上走去。

破庙内门窗破烂，几个泥塑残缺不全。两个男战士站在门口警戒。雅琴和林风被五花大绑，站在中间。区雄和一个工作组成员坐在供桌后面的凳子上。区雄质问："你们应该清楚共产党和红军的政策，希望你们能老实交代问题。"林风："只要我们知道的，我们一定会如实告诉你们。"区雄："态度不错。我问你们，你们打入红军的任务是什么？委派你们的是国民党哪个部门？在五指山苏区你们还有多少同伙？你们发展了多少人？"

雅琴叫着："我们不是打入红军，是投奔革命！委派我们来五指山苏区的更不是什么国民党，是中共广东省委！根据地的红军都是我们的同伙！我们遗憾的就是在海南没有什么亲朋好友，所以还没有发展人加入红军！"工作组成员站起来，走到雅琴身边，吼叫着："你给我老实点！"雅琴："我说的全是实话。"工作组成员抡起胳膊就给了雅琴几个大耳光。鲜血从雅琴的嘴角流淌了出来，她愣住了。

林风护住雅琴，愤怒地："你们怎么能打自己的同志？！"区雄："你们和我们已经不是同志，不，你们从来就不是我们的同志。"林风："那我们……"区雄："你们是打入红军内部的反革命！"琼花气冲冲地走来，要闯进门去。男战士拦住她："吴琼花，你要干什么？"琼花："我要找区雄同志说理！"男战士："区雄同志在审讯反革命。"琼花："我就是要找他给雅琴和林风说理！"

区雄走了出来："吴琼花同志，你有什么要揭发的吗？"琼花："区雄同志，为什么要抓起雅琴和林风？我们女战士都想不通。"区雄往边上走了几步："吴琼花同志，我已经了解到你是个苦大仇深的农村女孩子，阶级觉悟应该比一般女战士高，千万不能随大流，被一些不负责任的言论甚至是反革命的煽动迷住了双眼。"

琼花："我个人也认为雅琴和林风绝对不是反革命。雅琴打仗很机智，还把家里的土地卖了钱支援革命，林风给很多伤员治好了伤，我的伤就是林风治好的。"区雄笑笑："这都是敌人的假象，不做出这些假象，他们一天都不可能在革命队伍里混下去。听说你很早就对雅琴有看法，这说明你很有警惕性，现在你可以大胆揭发，还有，洪常青同志不批准你入党的事也是别有用心的。"

琼花："党支部不批准我入党说明我还没达到共产党员的标准，对雅琴有看法是我看不惯她的一些小资产阶级作风，可是，不能因为她喜欢照镜子、擦点粉、抹点胭脂、涂点口红就说她是敌人吧？"区雄严肃地："好，揭发得好，这些生活细节正是敌人露出的马脚。"琼花急了："区雄同志，我不是揭发雅琴和林风，我是证明他们不是敌人！"连长匆匆赶来，恼怒地指着琼花说："吴琼花，你对省委领导是什么态度？马上回去给我写检查，检查不好就关禁闭！"琼花低声地："是。"她不满地扭身而去。

区雄："你看看，没有反革命捣乱破坏动摇军心，像吴琼花这样苦大仇深的女战士会有这种表现吗？"连长："区雄同志，我承认我们的工作还有很多不尽人意的地方，但、但娘子军里真的不会有反革命，对雅琴，我、我可以用党性来保证。"区雄厉声地："连长同志，你简直没有一点原则了，党性是能随便用的吗？看来我蹲的这个点问题严重得超出我的想象，看来我们也必须要加大肃反的力度了！否则，苏区的前途危险啊。"

琼花趴在竹排上，一笔一画地写着什么。红莲凑过来："琼花，你真的写检查呀？"琼花："我现在哪还有心写检查，我是在给上级写报告。"红莲："写什么报告？"琼花："报告区雄同志在娘子军乱抓反革命。"红莲："上级？区雄同志就是上级呀，连王师长都得听他的。"琼花有点茫然了："那他听谁的？"红莲："当然是听中央的了。"琼花一下子扔下手里的铅笔："他来肃反不就是中央让干的吗？"红莲："是呀，你反对肃反，就是反对中央了。"琼花抓住自己的头发："中央永远都是对的吗？"红莲一时不知怎么回答。

外面传来了哭喊声："你们饶了他吧，你们不能就这么稀里糊涂地枪毙他，他给红军卖过命呀！他不反革命，他说他一辈子都革命……"红莲叫着："是二嫂。"琼花一惊："赤卫队长要被杀害？"她跳起来，冲了出去。

村口，区雄和工作组成员提着手枪，一脸严肃。赤卫队长五花大绑，嘴被堵住，身后插着一个牌子，上面写着反革命三个大字。四个男战士押着他往外走。二嫂拖着两个孩子哭哭啼啼地跟在后面。红军女战士和一些老百姓呆呆地看着。区雄吩咐着："不能枪毙，子弹要留着打仗，用砍刀执行死刑。"男战士："是。"二嫂跪在地上乞求着："大领导，他有两个孩子，还有六十岁的老母啊，你们行行好，饶了他吧，他为了革命，孩子不管，地不种，家不回，老母病了都不看一眼，他要反革命，早跟着南霸天享福去了，他给革命当牛做马，你们不能卸磨杀驴呀……"工作组成员："不许胡说八道！"

琼花跑了过来，大喊着："区雄同志，你不能为了杀鸡给猴看就六亲不认啊，赤卫队长为革命立过大功，斗争地主老财，动员青年加入红军……"

区雄严厉地："吴琼花,我警告你,站稳立场!"琼花："我从来就没站不稳过,我、我真后悔。"区雄感兴趣地："后悔什么?"

琼花："早知道你来了是这样不分好歹,乱整自己的同志,我们根本就不需要牺牲两个女战士掩护你了!"区雄大发其火,他一把揪住琼花的胸口："吴琼花,你公然替反革命说话,与中央对抗,已经站到了反革命阵营一边!来人,把她关押起来,好好审问,一定有人在背后给她撑腰!"他猛地把她推到一边。两个男战士冲上来。

草棚里,洪常青穿着衬衣,坐在竹桌前写着什么。小庞端着两个饭碗走了进来,洪常青放下笔："小庞,又麻烦你帮我打饭。"小庞："我是洪少爷的随从呀。"他把饭碗放桌上。洪常青端起饭碗,叹了口气："是洪少爷?成反革命给抓起来了。"刚吃了一口饭的小庞把碗往桌上重重一放："肃反肃反,我们几千红军,现在已经抓了几百反革命出来,杀了几十个。我们要有这么多反革命,还用敌人来围剿我们吗?王师长领头把苏维埃的牌子换成国民党的牌子不就完了!"

洪常青沉重地："是啊,再这么搞下去,根本不用敌人围剿,我们自己就把自己整垮了。真不知道中央是怎么考虑的,让人心寒啊。"

猛然,他一下子站起来："不能让娘子军毁在他们手里!"小庞："可又有什么法子呢?"洪常青："我马上回娘子军!"小庞："这得请示呀。"

洪常青："没工夫请示了,再请示,娘子军就完蛋了!再说,向谁请示?王师长在隔离审查,参谋长不敢做主,最后还得请示到区雄那里。我现在去娘子军,也就是要找他说明情况,以理抗争。"小庞担忧地："会不会把你当成琼花的黑后台,也抓起来?"洪常青："要真把我当成黑后台,我留在师部也是同样的后果。"小庞："那我跟你一块去。"洪常青："不用,这是我个人行为,你要也去,他们会给我们扣上反革命组织的大帽子!"小庞沉默了。

枪声不断。空场十几个木桩上绑着穿红军制服的男女,身上出现一个又一个的枪眼,鲜血直冒,人早已断气。不远处半蹲着的十几个团丁仍然在端枪射击着,边上指挥的一个国民党军官喊着："冲锋!"团丁们跃过壕沟、水塘，冲了上来。阿福大叫着："杀！"团丁们的刺刀刺进了木桩上的人体内。

凉棚下戴着墨镜的南霸天和胡营长在观看团丁训练。南霸天夸赞着："好，好，在胡老弟的正规训练下，这些团丁有了突飞猛进的提高，不能不让人刮目相看了。"

胡营长："可惜这些人靶子不是真红军。"南霸天阴沉着脸："他们都是些抗捐抗税勾结共匪的刁民，死有余辜之徒，本来也要公开处死，现在给团丁训练，一举两得。"老四："南爷，胡营长，要想弄点真红军来当靶子现在倒有个机会。"南霸天和胡营长看着老四。

老四："根据几个方面的消息，山里的共匪正在他们内部搞什么肃反，把他们的一些连长营长团长都抓了起来，还杀了一些，我估计驻扎在外面的共匪已经是群龙无首，正好可以袭击他们。"南霸天点点头："若是果真如此，那可是天助我也，机不可失！共匪下山骚扰我们，我们以其人之道，治其人之身，进山围剿他们。"

连长孤独地坐在连部，手里拿着绣好的荷包，默默地流泪。门被猛地推开了，连长忙擦干眼泪，收起荷包，转回身来。她面前是脸色阴沉的洪常青。连长惊喜地站起来："常青同志，你可回来了！我简直承受不了了，是不是有什么新的精神？"洪常青沉重地摇摇头。连长失望地又坐下去："娘子军的情况你了解了吗？"洪常青："九个班我全去了解过了。"

连长喃喃着："娘子军快散了。"洪常青坐到连长对面，盯着她："连长同志，你摸着心窝告诉我，吴琼花、雅琴、林风、赤卫队长是不是反革命？"连长缓缓地摇摇头："当然不是，也不可能是，可、可区雄是上级，是省委领导，是贯彻中央指示来的，我是共产党员，是红军干部，我不能不执行上级的命令，不能不执行中央的指示啊。"

洪常青："好，我们都是共产党员，都是红军干部，我们首先要保证娘子军不能散了架子，要保护我们的同志不被伤害！我想，就是中央总书记在这里，也不会说我们的做法是错误的。"连长："你要怎么做？"洪常青："马上召开支委会，再发展一批新党员，扩大娘子军的核心力量，形成坚强的主心骨。"连长："需要请示区雄同志吗？"洪常青："娘子军连的支委开会，不需要请示谁。"

区雄坐在树荫下，在一个小本上写着什么。工作组成员走过来："区雄同志，娘子军党代表洪常青从师部私自跑回来了。"区雄："什么？简直是无组织无纪律到了极点！"成员："他一回来就到处收集对肃反的不满意见，现在又召开娘子军的支委会，不知要干什么！"区雄站起来："必须制止他一切不利于肃反的行为！"成员："我怀疑他就是吴琼花的黑后台。"区雄："还怀疑什么，根本就是。"

支委会在继续。洪常青："同意她们三人加入中国共产党的请举手。"他先举起了手。连长和支委们都举起了手臂。洪常青："好，全体通过。"门被推开了，区雄闯了进来。洪常青："区雄同志，请坐。"区雄没有坐下，质问洪常青："你向谁请假了？擅自跑回娘子军！你回来了又为什么不向我报到？"洪常青："我确实没有请假，组织上可以处分我，没向你报到是因为要先处理娘子军一些遗留问题。"

区雄："有人报告你们在搞非组织活动。"洪常青："恰恰相反，我们在进行正常的组织活动，开娘子军支委会。"区雄："研究什么事？"洪常青："发展新党员。"区雄："在这种非常时期发展新党员？我看你们是在拉帮结派，搞小山头。"洪常青："区雄同志，越是在非常时期，越要壮大党的队伍，这是我们党的一贯原则，你不会忘记吧？"区雄："我对娘子军的情况已经有了一定了解，我想知道把哪些人发展进了党的队伍？"连长："吴琼花、雅琴、阿菊。"

区雄勃然大怒，猛地一拍桌子："你们简直是胆大妄为！新发展了三个党员，一个是铁定的反革命雅琴，一个是有重大反革命嫌疑已经被关押起来的吴琼花，一个是革命立场不坚定的阿菊，你们到底要干什么？这样的人怎么能入党？"洪常青："这三位同志我们考察了很久，完全符合党员标准，因此支委会全体通过她们的入党申请。"区雄："真是全体通过吗？连长,你有没有受到外来的压力?"连长:"没有。"区雄冷笑一声:"恐怕是不敢承认吧?好,我以前敌委员会书记的名义宣布,撤消洪常青同志党内外一切职务,隔离审查!"

连长愤怒地:"常青同志犯什么错误了?"区雄:"他不是犯错误的问题,他很可能是吴琼花的黑后台,我们要从洪常青身上找出五指山革命根据地反革命的总司令!"连长:"区雄同志,我……"区雄打断了连长的话:"不要为他争辩了,来人,把洪常青关押起来!"两个红军男战士冲进来,摘去了洪常青的手枪。

洪常青怒视着区雄:"区雄同志,你这样的肃反是对中国革命的反动!是对中国共产党人的犯罪!历史会证明谁是谁非!假如你们是真正的布尔什维克,应该看到,这是在糟蹋海南苏区的大好形势啊……"洪常青被推出了门。一个排长哭了起来。连长吼着:"哭什么!"

土坯房,窄小的窗口,结实的栅栏门。有哨兵在外面站岗。洪常青被男战士押了过来。窗口中露出琼花惊讶万分的脸。她尖叫一声:"党代表,你、你怎么也……"洪常青在窗口前站住了,平静地说:"琼花同志,不要为我担心,我通知你,刚才召开的娘子军党的支委会上,一致通过了你的入党申请,从现在起,你就是中国共产党的预备党员了,希望你能时时刻刻用一个共产党员的高标准来要求自己。鉴于现实情况,暂时举行不了入党宣誓仪式,以后找机会再补。"

区雄赶上来:"洪常青、吴琼花,我补充宣布,刚才的支委会上的一切决议都是非法的,无效的!"洪常青:"这需要师党委做出决定,任何个人是不能推翻支委会决议的。"窗口里的琼花举起了右手,低声但坚定地:"我向党宣誓,头可断,血可流,共产主义信念不可丢!为了解放天下的劳苦大众,刀山敢上,火海敢闯,视死如归!无论在任何情况下,都永不叛党!这就是我,一个被南霸天杀死了父亲、弟弟,逼死了母亲的农村女孩子对党的一片赤胆忠心。党,请放心吧,我吴琼花永远是你的战士!"洪常青点点头:"好。"他被推进了边上的另一扇栅栏门里。区雄大声地:"你们要好好交代反革命罪行!"

一阵杂乱的脚步声传来，叶容和一群女战士激愤地冲到区雄身边，大声喊着："释放党代表！""释放琼花、雅琴、林风！""他们不是反革命！""抓起他们来是让反革命高兴的事！"工作组成员怒斥着："你们要造反哪？你们还服从不服从领导？""党代表才是我们的领导！""把党代表当成反革命的人的领导我们不服从！"

　　成员："区雄同志，洪常青对她们的影响太大了，要打消她们这种气焰，必须拿洪常青开刀！"区雄摇摇头："不，我们还要从洪常青嘴里得到更多的反革命分子的名单。这些女战士只不过是被蒙蔽得太久了，要让她们猛醒过来。这样，把雅琴和林风这两个反革命拉出去执行死刑，给这些受蒙蔽的同志以深刻教育，使肃反顺利进行！"成员大声命令着："把雅琴和林风带到村后去！"

　　老四带着团丁和士兵摸了过来。便衣小声地："四爷，前面发现了共匪的岗哨。"老四："是不是女人？"便衣点点头。老四："好，终于找到娘子军了。干掉岗哨，从后面包抄上去。"

　　牢房内琼花大喊着："姐妹们，不能让雅琴和林风冤死在自己人手里呀！自己人打死自己人，这究竟是怎么回事！开门！开门啊！"她用力摇晃着栅栏门。她凄厉地哭喊着，脑袋一下一下撞击着栅栏，她的额头渗出鲜血，鲜血模糊了她的双眼，她绝望的眼神中充满惊恐和愤怒。站岗的男战士一脸为难。

　　叶容兀地冲上来，用枪顶住了男战士的后腰。男战士惊愕地："你、你们要干什么？"肚子已经突起的红莲用枪托砸着门锁。锁断了，掉在地上。琼花打开栅栏门，一步跨了出来。她一把抢过男战士手中的枪："走，救雅琴和林风去！"

　　团丁和士兵在竹林中迅速地行进。便衣又跑回来向老四报告："四爷，村里戒备还很严，我听见共匪说要到后山的破庙去砍反革命的头，还听见吴琼花也被当成反革命抓起来了。"老四兴奋之极："包围后山的破庙，把那些反革命都抓到咱们手里来。注意，得手后立刻就撤。"

　　破庙里，区雄面对被五花大绑的雅琴和林风厉声喝问："你们还有最后一个机会,交代出打入红军的任务和同伙,就可以免除一死。"雅琴坚定地:"你就是杀我十次,我也是这些话,当红军的任务是为了推翻人吃人的社会,同伙是所有和我有共同信念的革命者!"区雄:"不见棺材不落泪,我现在宣布,对打入红军队伍的反革命分子执行死刑,拉出去!"林风大叫着:"你们不能这样做,就算我是反革命,可我是个医生,受伤的战士还需要我,红军还需要我啊!"

站岗的男战士发现团丁和士兵突然出现在前方。他大叫一声:"有敌人!"团丁和士兵密集的子弹马上把他打倒在地。另一个哨兵趴下还击。

区雄从窗口看到团丁和士兵正在冲上来,他只好一挥手:"从后面撤。"成员:"这两个反革命就地枪决了吧?"区雄:"好,不能用枪,子弹要用在战场上。"他刚说完,敌人已经到了门口。

雅琴用身体把林风撞倒在地,子弹从他们头上飞过。

老四的声音传来:"抓活的!"

区雄连忙从泥胎后的破洞钻了出去。又一个工作组成员中弹,剩下的两个顾不得雅琴和林风,也逃离了破庙。

琼花靠在一棵大树后面向前面开枪,女战士们也纷纷射击。从树的缝隙中可以看见团丁和士兵已经包围了破庙。琼花喊着:"冲上去,保护省委领导,救出雅琴!"她第一个冲了出去。

连长带着几十个女战士跑来。她一挥手,两个战士把机关枪架在了地上。连长狠狠地说:"打!"机关枪喷出了火舌。女战士们一边射击,一边冲向前。

团丁和士兵全都趴在地上还击。有团丁喊着:"四爷,共匪的大部队上来了!"话音未落,他的脑袋上中了一枪。士兵排长:"机枪掩护,快撤!"

琼花和几个女战士冲进破庙。地上躺着两具男红军战士的尸体和几具团丁的尸体。泥胎塑像被打得千疮百孔。琼花:"注意警戒。"说完,她从后面的破洞钻了出去。几个女战士跟在她后面也钻出去。

区雄和几个男红军神情紧张地隐蔽在草丛中。有脚步声传来。几个人一同举起枪。区雄制止住,慢慢站起身。他前面是琼花和叶容等几个女战士。区雄："敌人呢？"琼花："被打跑了。"区雄长长地出了口气，突然，他盯住琼花："你不是被关押了吗？谁让你跑出来的！"琼花义正词严地："是敌人！作为一个红军战士，有敌人来袭击，我当然要参加抗击敌人的战斗！"叶容小声地："琼花姐，雅琴和林风没有了。"琼花的眼睛立刻瞪大了："区雄同志，你们把雅琴和林风怎么了？"

区雄愣了一下，回头问："那两个反革命呢？"工作组成员："刚才撤退的时候敌人火力太猛，没来得及……"区雄大怒："你们竟然疏忽大意到如此地步，让敌人把他们给抓回去！"琼花一下子拉动枪栓，眼睛喷着烈火："我告诉你们，要是雅琴和林风有什么好歹，我先把你们执行了战场纪律！"

连长带人赶来："区雄同志，你没事吧？"区雄暴怒地："你的战士竟然把枪口对准了我们，还说没事？"连长："吴琼花，把枪放下！"琼花没有放下枪，悲愤地："连长，他们这些怕死鬼只知道自己逃跑，让敌人把雅琴和林风抓走了！"区雄："我可以肯定，是娘子军的反革命向敌人通风报信，出卖了我们，才导致这种后果的！"连长："区雄同志，敌人已经知道了我们的驻地，我们必须马上转移。"区雄点点头，然后看着琼花。连长放低了声音："琼花。"琼花使劲喘了口气，把枪交给了叶容。

南府院内，十几个团丁和士兵荷枪实弹。雅琴和林风被五花大绑，两个人紧紧地靠在一起。雅琴手臂中弹，包扎着绷带。林风肩膀被掀去一块皮，绷带从胸前绕到肩上，绷带渗出了血。南霸天转到雅琴身前："原来是你呀，好，好极了！当初是你救了南某一命，南某乃知书达礼之人，一还一报，今天也算救了你一命。"雅琴："谁要你救命。"南霸天："不是我派弟兄们深入共匪虎穴，你现在已经被共匪砍头示众了，这还不算救了你一命吗？而且捎带着连你未婚夫一块救了出来。"雅琴不理睬南霸天，在林风的胸膛上依偎得更紧。

老四："赶快亲热吧，一会儿就送你们到阴曹地府里去成亲办喜事了。明告诉你们，南爷的祖祠让吴琼花放火给烧了，南爷重新修造，要拿你们祭祀祖先。这本来是吴琼花那丫头的事，要骂你们就骂她好了。"南霸天一抬手："老四，不要信口开河，吴琼花是吴琼花，这两位是这两位。吴琼花是没有受过教育、蛮不讲理的乡下刁女子，这两位一看就是有教养的名门闺秀和大家少爷，和吴琼花不能同日而语。给他们松绑！"胡营长点点头："对，我们国民革命军对于已经放下武器的敌人也是要讲人道的，不能虐待。"南霸天："让丫环清扫客房，准备热水，好好款待这两位。"

团丁给雅琴和林风松绑，并带进南府里院。看着他们的背影，胡营长问："南兄是想用诸葛孔明诱降之计？"南霸天："胡老弟说得对，他们一旦为我说服，则可发表反共声明，在海口、广州甚至上海的报纸刊登出来，那影响非杀他们可比。"胡营长："在黄埔军校，蒋委员长也专门给我们上过攻心为上的课。"南霸天："正所谓软硬兼施也。"两人一同大笑起来。

天上一轮圆月。树梢上挑着几盏电灯。太师椅上坐着南霸天、姨太太、雅琴和林风。茶几上摆放着各种水果，丫环蹲在边上剥着皮。几个团丁持枪躲在阴暗处。南霸天笑笑："今天又是月圆之时，酒仙李太白有诗云，举头望明月，低头思故乡啊，在海南流放过的东坡先生也有词云，人有悲欢离合，月有阴晴圆缺，此事古难全。"姨太太："我们爷是用月亮来说咱们人世间的事。"

雅琴抬头看着天上："月亮真不错。"南霸天："月是故乡圆，两位难道不想早日回到亲人身边吗？"雅琴："想，太想了。"南霸天兴奋地："好，南某给你们这个机会。说实话，在深山老林里跟着一群乌合之众扰乱社会，兴风作浪，烧杀抢掠，不是你们这种出身的男女所为，他们也从不会把你们当成自己人看待，跟着他们，只会毁了你们的大好前程。你们再想想，你们身上的伤是谁打的？那可是共匪的子弹啊！认明此时与此地，切莫执迷！这样吧，你们写个反共声明，表示彻底和共匪脱离关系，南某就派人把你们送到广州，回到南洋行医上学。"

林风："这就是你为我们安排的前程吗？"南霸天："对。两位要对海南情有独钟，想在海口悬壶济世，南某可以为你们盘下房屋，高挂招牌。"雅琴："我们还想不了那么远。"南霸天："那你眼下有何要求，只要南某能做到，一定义不容辞。"林风："我们要结婚。"南霸天："结婚？"

雅琴："对。我们相爱多年，一直没有机会举办婚礼，海南风光秀丽，天蓝云白树绿沙黄，正是举办婚礼的好地方。"南霸天大笑起来："这就是你们这些读过洋文的男女所谓浪漫吧？好，南某让你们来个中西合璧，搞一场椰林镇有史以来最为隆重的婚礼。"

大海边，竹子搭起的牌楼上装饰着红布和鲜花。牌楼后面是长长的竹排形成的夹道，两面贴满了大大小小的喜字。

再前面是几张长桌，上面盖着红缎子，中间备有笔墨砚台。南霸天和胡营长巡视着，不时指指点点。跟在后面的老鸨点头哈腰。

客房梳妆台前，林风穿上了白色的西装，把一朵红色的小花插在胸前。

客房外，一顶用红布缠绕着的轿子和一匹扎着红布结的高头大马等候在门前。

鞭炮炸响，硝烟弥漫。花轿和高头大马走过牌楼，进入夹道。有老百姓在围观，议论纷纷："听说是红军里的医官归顺政府了，南爷才给搞这么大排场。""红军打南府的时候我见过这个新娘子，长得细皮嫩肉的，一看就不是乡下人。"

"有钱人家的小姐，哪会真跟穷苦人一起拉杆子。""真把砍刀架脖子上，谁都怕。"团丁驱赶着人们："往后站，往后站，一会儿都有喜糖吃。"

轿子放下来。林风从马上一跃而下，伸手掀开了花轿的布帘。雅琴从里面跨了出来，她一身鲜红的衣裙，头上扎着红色的发带，连袜子和鞋都是红色的。林风挽住了她的胳膊。闪光灯闪烁着，几个拿照相机的记者拍着照。换上了西装的南霸天和胡营长迎上前来。姨太太凑到雅琴身边："我来做伴娘。"南霸天："那我就荣幸地成为伴郎了。"雅琴："我们谁也不需要伴，按我们自己的方式成亲。"南霸天："好，那就让我们小地方的人开开眼。"

雅琴和林风走到海边。两个人面对面凝视着。林风："你后悔吗？"雅琴："你后悔吗？"两个人共同摇了摇头。林风拿出一个小铜环："这是我用口琴的簧片做成的戒指，伸出手来。"雅琴伸出了手。林风把戒指给她戴上，然后抬起她的手，放在嘴上亲吻了一下。雅琴："永远爱我？"林风："至死不渝。"两人慢慢地跪在了沙滩上，一同说："大海作证，我爱你爱到海枯石烂！"

他们背后，南霸天鼓着掌："好，真让人感动，来，请回到桌边，写下你们此时此刻的真实感受吧。"林风和雅琴站起来，走到长桌边。南霸天把白纸铺开，把毛笔交给林风，说："在共匪窝里，你们已经丧失天伦之乐，夫妻之情，而离开匪窝则……"雅琴打断他的话："我们不是三岁小孩，知道该向世人表白什么。"南霸天："南某绝无强加之意，请下笔。"记者们的照相机又对准了林风和雅琴。

林风饱蘸墨汁，大笔一挥，写下了八个大字：永结同心，共产到底！他把毛笔扔在地上，搂住了雅琴。两个人一同仰天大笑。南霸天看着那八个大字，恼羞成怒，喘息了好一会儿，咬着牙叫道："老四，给他们准备洞房！"

土牢里光线昏暗，两个土坑盖着竹篱笆盖子。木栅栏门被打开，一支火把伸了进来。随即有人用竹竿挑开了竹篱笆盖子。一个洞内，上百条毒蛇昂起了三角形的头。另一个洞内，无数的蝎子在爬来爬去。雅琴和林风被推了进来。

山坡上野花盛开，万紫千红。阿菊一边哭泣，一边采摘着最鲜艳的花朵。一只白色的鸟突然腾空而起。

草棚里，几个女战士抱在一起失声痛哭着。

连长站在门口，眼里没有泪水，神情怅惘。她的手紧紧抓住竹篱笆，竹篱笆锋利的边缘割破了她的手心，鲜血一滴一滴地落到地上。

牢房里，粗大结实的竹子拦成的栅栏把被关押的琼花和洪常青分割开来，中间有一条不长的通道。琼花抱着竹栅栏悲伤地哭泣，任凭泪水流淌。她低声地说："雅琴，我会给你报仇的，雅琴，我会给你报仇的，雅琴，我会给你报仇的……"

敌军司令部前岗哨林立，国民党军官纷纷来到，走上台阶。

大会议室，长会议桌边除了坐着几十个军官外，还有南霸天和几个乡绅打扮的人。司令官走了进来。军官们起立迎接。司令官："坐下。"军官们坐下。司令官："首先,我要嘉奖椰林镇南镇长和驻防椰林镇的独立营胡营长,他们主动出击,端掉了共匪五指山根据地的一个重要据点,消灭共匪一个连,缴获百余枪支和大量弹药,还抓获了男女俘虏数人,广州和海口的多家报纸在头版进行了报道,还刊登了大照片,真是长我威风啊。"胡营长站起来："是总座指挥有方。"南霸天也站起来："南某乃替天行道。"

司令官："上峰指令,对有功之臣要大力褒奖,还要委以重任,这乃政府一贯原则。现在,我委任南镇长为椰林镇一带六乡镇剿共总指挥,统一调动六乡镇一千五百名团丁、乡勇和保安队。"南霸天兴奋地："谢总座信任。"司令官："提升胡营长为中校副团长,继续统领独立营。"胡营长敬礼："谢总座栽培。"参谋长："大家鼓掌庆贺。"掌声响了起来。

司令官一抬手,示意众人停止鼓掌,脸色严峻起来："根据多方面情报,现在共匪发生肃反内讧,人人自危,朝不保夕,无心恋战,处于土崩瓦解的边缘,正是我出击之大好时刻。为了配合蒋委员长……"军官们全体起立。司令官："为了配合蒋委员长围剿江西共匪的重大行动,我决定,出动正规军两万,民团三千,步步为营,对五指山进行铁壁合围,彻底消灭共匪于五指山区,铲除共产主义的毒素,让海南岛的每一寸土地和山林都笼罩在三民主义的光芒之下!"

师部外,三三两两的红军战士走过。两个干部蹲在树荫下抽着竹烟筒。参谋长突然从师部门里冲了出来,兴奋之极地喊叫着:"停止肃反了! 中央来指示,停止肃反了!"抽着竹烟筒的两个干部站起来:"参谋长,你、你不是说梦话吧?"参谋长拉住两个人的手:"是真的,是真的啊! 小干,出来。"一个头戴耳机的女战士跑了出来:"参谋长。"参谋长:"把电报读给这两位团长听。"女战士:"参谋长,这是绝密电报。"参谋长:"对敌人是绝密,他们俩是我的左膀右臂,绝什么密。"女战士还有点犹豫。

参谋长:"快读,我要让全苏区的人都知道!"女战士:"是,电文如下,广东省委及海南特委,因左倾机会主义干扰,肃反呈扩大化趋势,对中国各根据地破坏甚烈,使革命发展停滞不前,经中共中央紧急会议讨论决定,暂时停止肃反,释放一切没有确凿证据而被关押审查之同志,全力对敌。"

牢房内,王师长坐在稻草堆上,头发胡子都已经很长。牢门打开了,参谋长冲进来。王师长一挥手:"你来也没用,我没什么可交代的。"参谋长:"师长,你受苦了!"王师长:"别跟我来甜言蜜语,我是软硬不吃的。"参谋长:"师长,我是来放你出去的。"王师长:"对我的审查结束了?"参谋长:"对所有人的审查都结束了。"王师长:"怎么……"参谋长:"中央来电,停止肃反了!"

王师长往后一仰,倒在稻草堆上。参谋长扑过去:"师长,你……"王师长:"给我拿烟筒来,不,拿酒来,我要好好喝上三天三夜,然后再什么梦也不做地睡上三天三夜,老子实在是被折腾够了!"门口的阿牛:"我去拿。"参谋长:"师长,敌军两万余人,正在向五指山进发。"王师长一下子跳了起来:"马上召开连以上干部会议!"

屋里师部挤满了红军干部。王师长已经刮掉胡子,剪齐头发,神采奕奕地站在众人前面。区雄神情有点紧张,站在王师长边上。参谋长站在另一边安排撤退计划。参谋长:"一营在猴子嘴一带阻击和拖延敌人,保证师部和苏维埃政府的安全撤退,娘子军……"

娘子军集合待命。洪常青宣布:"我们必须坚决执行师部关于保存实力的战略部署,不和敌人正面冲突,尽快撤退。"连长:"吴琼花。"琼花站了出来:"到。"连长:"现在任命你为娘子军一排排长,由党代表带领,负责掩护全连安全撤入原始森林,红莲和两个重伤还没痊愈的战士,分散隐蔽到老乡家中。"

叶容气喘吁吁地冲到连长身前:"报告连长,敌人的先头部队距离我们只有不到三里路了。"枪声传了过来。一颗炮弹在不远处爆炸,两棵小树倒了下来。连长:"开始行动!"红莲满脸泪水地:"我、我执行支委会的决定。"她把枪交给了连长。两个伤员上了担架。走了几步,红莲回头大喊着:"你们要来接我们呀！"有女战士悄悄地擦着眼睛了。

山头上树木稀疏，怪石林立。娘子军女战士在抢修简单的掩体。洪常青一边把几块石头搬到小路上，一边大叫着："时间不多了，尽量使用天然屏障，阿菊，把你们黎族打猎的方法全用上，就当敌人是野猪、野狗、野猫！"阿菊把拉弯了的竹子绑成竹排，回答着："都准备好了，就等着敌人来当野猪、野狗、野猫呢。"叶容："到时候他们就成野老鼠，到处乱钻了。"

琼花帮助机枪手把机关枪支好："大家注意，哪石头多哪当掩体，能防炮弹，子弹不够了还可以用石头往下砸。"洪常青来到琼花身边："琼花，我们最多阻击敌人一个小时，连长她们基本上就安全了，然后你带一、二班撤退，无论如何要想办法和连长她们在指定地点会合，我带三班掩护你们。"琼花："不，我留下来掩护，你带两个班撤，娘子军更需要你指挥。"

炮弹呼啸着飞来。洪常青喊了声："卧倒！"随即把琼花压在身子下面。炮弹爆炸了，土石乱飞。洪常青向山下观察了一会儿："琼花，敌人马上就要进攻，你不要再争了。现在我指挥你，这是命令，准备战斗！"

山沟中几间石头房子，成为胡营长和南霸

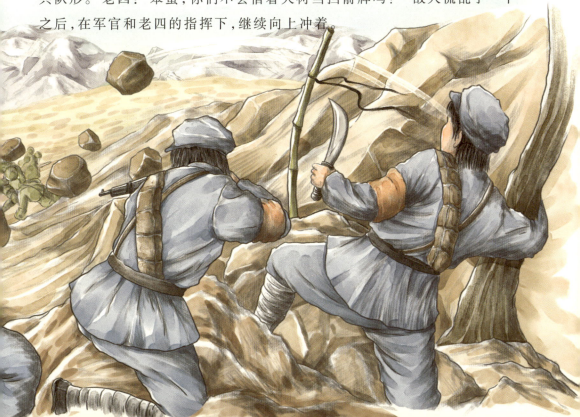

天的临时指挥所。南霸天和胡营长站在房子前,观看着十几门六〇炮在发射炮弹。老四兴奋地跑来:"南爷,胡营长,我的手下侦察回来了,情报一点不错,我们的前面就是共匪的娘子军,这次她们要一个不剩地落到咱们手里了。"南霸天:"好,要抓活的。"胡营长大声命令着:"炮火延伸,一连和团丁二中队发起冲锋。"号兵吹起了冲锋号。

山头上,女战士们严阵以待。士兵和团丁潮水般地涌了上来。洪常青:"阿菊,开始打猎!"阿菊一挽袖子:"猎人来了!"她挥刀砍断了绑住竹排的绳索。并没有折断的竹子弹了起来,上面大大小小的石头飞了起来,向山坡下砸去。

冲在前面的士兵和团丁顿时被石头砸倒十几个,头破血流。

小路上的一股敌人突然惊呼起来,前面的两个掉进陷阱,里面的竹尖桩刺破了他们的身体。有人往路边躲,绊上了绳索。绳索拉动安装在树上的弓箭,箭头飞来,射在敌人身上。一个团丁瞪大了眼睛:"毒箭……"他倒了下去。另几个中箭的敌人也摇摇晃晃倒了下去。敌军官:"不要慌,成散兵队形。"老四:"笨蛋,你们不会借着大树当挡箭牌吗?"敌人慌乱了一下之后,在军官和老四的指挥下,继续向上冲着。

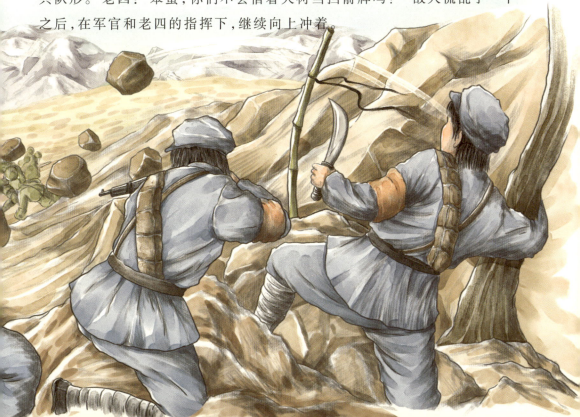

洪常青开枪了："打！"趴在石块、大树后面的女战士射击起来。琼花端着步枪，瞄准躲在草丛中的一个敌人，一枪打过去。敌人倒了下去。叶容在一个高坡上，她把枪放下，从身后搬起一块石头，滚了下去。几个敌人跳舞般地来回躲闪着。叶容又滚下去一块。终于有一个团丁躲闪不及，被砸中大腿，扔下枪嗥叫起来。叶容快乐地大笑着，一颗子弹飞来，打飞了她的军帽，露出短短的头发。她趴下去，又伸手去搬石头。一块石头递给了她，她一愣："石头自己会走？"她回头一看，是红莲。她惊叫起来："红莲姐！"

正在射击的琼花听见叫声，弯腰跑了过来。琼花："红莲，你、你怎么到这么危险的地方来？"红莲又流出了泪水："在老乡家里更危险，反正也是死，还不如在战斗中牺牲。"琼花："红莲，你胡说什么，为了肚子里的孩子，你绝不能死。"叶容："是呀，你生下个女孩子，我就不是娘子军最小的了。"琼花拔出一颗手榴弹甩出去，说："红莲，你就在这里负责拧开手榴弹盖子和往弹夹里压子弹，一会儿跟我们一起转移。"红莲点点头。

密林中，连长带着娘子军在急行军。一个女战士带着黎族老猎户向连长走来。连长迎上去："老人家，有什么情况？"老猎户："前面有敌人。"连长命令："传下去，停止前进。"女战士们一个接一个传下去："停止前进。"

连长："有多少人？"老猎户："有几十个，穿黄衣服的少，穿黑衣服的多，好像是运输队，赶着几十匹牛马，背上都驮着口袋。"连长："周围再没发现别的敌人？"老猎户摇摇头。连长沉思了一下："二排长，三排长，来一下。"两个排长凑了过来。连长："前面是敌人的运输队，我决定打掉它。"二排长："这会不会暴露我们撤退的目标？"连长："我们还没有完全进入原始森林，敌人摸不清我们撤退的方向，而打一下运输队，虽然不可能有上次打椰林镇的效果，但多少可以减轻党代表他们的压力。"三排长："我们为什么不再去袭击椰林镇？"连长："敌人也会吃一堑^{qiàn}长一智，肯定有戒备了。不要再议论别的，我命令，打敌人的运输队，但一定要速战速决。"

空场周围是茂密的树林，几十匹牛马吃着草料，鼓鼓囊囊的口袋堆在一边。三十来个士兵和团丁围坐在一起，抽烟喝水。士兵："大家小心着点，我们抄的这条近路不一定安全。"团丁："老哥，共匪早就被打得成缩头乌龟了，跑都跑不及，哪还敢来骚扰。"话音未落，一颗子弹飞来，团丁的脑袋开了花。随即，几十颗手榴弹扔了过来。

硝烟弥漫，弹片横飞，鬼哭狼嚎。女战士们冲了上来。几个顽抗的敌人被迅速打死，还有几个跪在地上，举手投降。连长跑过来："一个排抬两袋走，剩下的放火烧了，动作要快。"一个女战士点燃了火。

石头房子内，南霸天抽着水烟袋。胡营长走进来，把帽子甩在弹药箱上："共匪打得还挺顽强，攻了三次都没拿下这个山头来。"南霸天："胡老弟，别着急，这说明共匪娘子军的主力全都在这里了……"外面传来了叫声："南爷，胡营长，不好了！"南霸天眉头一皱："进来说！"一个受伤的团丁跑了进来："南爷，胡营长，粮食，两万多斤粮食……"胡营长抓住团丁："粮食怎么啦？"团丁："全让女共匪给劫走了！"

南霸天一下子站起来："混蛋，女共匪都在对面山头上呢，哪又冒出来女共匪？"团丁："是真的，弟兄们一枪都没来得及放，就全让手榴弹给炸死了。"胡营长："那你怎么活着回来了？"团丁："我是在边上拉屎，没和弟兄们在一块，才捡回一条小命，就这身上还挨了一弹片。"胡营长："你看见共匪逃跑的方向了吗？"团丁："没来得及看……"南霸天一个耳光扇了上去。

胡营长大叫一声："副官！"副官："到。"胡营长："让二连、三连撤下来，先去给我把粮食追回来！"南霸天拦住："胡老弟，你太冲动了。"胡营长看着南霸天。南霸天："这明摆着是共匪的调虎离山之计，跟上次围剿打我椰林镇乃异曲同工。这次他们断定总座已经在椰林镇设下了埋伏，所以就用袭击我运输队的办法诱使我们上当，这只能说明他们已经顶不住了。胡老弟，我们偏偏不去追粮食，反而要趁天黑之前全力进攻，不给共匪可乘之机，我们一定会大获全胜。至于粮食，南某马上让椰林镇再运。"胡营长佩服地："南兄果然高明。好，副官，命令加紧进攻！"

六〇炮在发射。洪常青开了两枪之后，喊着："琼花，准备带人撤退！"

炮弹接二连三飞来,在阵地前后爆炸。一颗炮弹落在了红莲身边不远的地方。烟尘四起,把红莲掩盖了起来。琼花尖叫一声:"红莲姐!"她扑了过去。红莲慢慢从土里钻了出来:"琼花,我没事。"突然,她脸上一阵痛苦的神情,捂住了肚子,蹲了下去。

琼花急切地:"红莲姐,你怎么啦?你流血了!"她看见红莲的裤裆处被鲜血染红。红莲喘息着:"被、被炮弹震了胎气,可能要生了。"琼花:"生了,生什么?"红莲:"小傻瓜,当然是生孩子。"琼花感觉到了什么,一下子按倒红莲,回头就开了一枪。一个偷偷摸上来的士兵倒了下去。琼花大喊着:"那你就快生!"红莲:"快生……怎么快生呀?"她挣扎着递给琼花一个手榴弹。琼花扔了出去。

洪常青大声问:"红莲怎么啦?"琼花:"要生孩子了!"洪常青:"谁会接生,过来!"一个女战士迅速爬了过来:"不是还有两个月才到日子吗?"红莲头上淌着汗:"大概孩、孩子也想早点出来打、打反动派吧。"她又递给琼花一颗手榴弹。女战士:"快脱了裤子。"她帮着红莲扯下裤子。洪常青又喊着:"琼花,孩子一生下来就撤!"琼花:"是。"她又接过红莲递来的一颗手榴弹,随即扔了出去。

红莲一手抓着地上的草和泥土,一手抓着手榴弹:"再给你一颗……啊……"她痛苦地叫着。女战士:"使劲!使劲!"红莲抓起了两颗手榴弹递给了琼花:"炸、炸死该死的……啊……"

敌人在冲锋。石块和手榴弹不时扔下,有敌人倒下去。女战士们在石头、大树后面顽强抗击着。机枪手猛然趴在了机枪上,她的头部被子弹击中。琼花悲痛地把头上流血的机枪手推开,抱住机枪扫射着。不远处的石块后面,红莲撕心裂肺地尖叫着。

又是一声剧烈的爆炸,硝烟升腾起来。突然,红莲的尖叫和呻吟声停止了。琼花喊起来:"红莲,红莲姐,你怎么啦?怎么不叫了?"一声婴儿清脆的啼哭声传来。给红莲接生的女战士欣慰地叫着:"女孩子,是小娘子军!"琼花兴奋地传给边上的女战士:"是小娘子军。"这个女战士又传给另一个女战士:"小娘子军。"女战士一个接一个地传下去。

　　大树后，洪常青和琼花挤在一起。洪常青把公文包摘下来，递给琼花："里面有地图和文件，还有一封短信，见到连长时马上交给她。"琼花点点头。洪常青又把怀表掏出来，抓住琼花的手，放在她的手心里，把她的手握住："拿着，掌握时间，马上撤出战斗。"

　　说完，洪常青深深地看了她一眼，松开她的手，冲到前面一个掩体中："三班向我集中！"

　　琼花抱着公文包，握着怀表，凝视着洪常青，神情复杂地沉默了几秒钟。她终于叫出了声："常青，我等你！"胡营长拿着望远镜在观察战况。他叫着："副官，你看，右侧的火力最猛，共匪的主力一定在右侧，让老四的敢死队往右侧猛攻，集中所有炮火掩护他。"

　　琼花等人的身影消失在树林中。洪常青抱着机关枪扫射着。他身边有八个女战士，也在猛烈射击。洪常青："好，敌人向咱们这边冲上来了，跟我撤，把敌人全吸引过来。"他向右边的小路退却。女战士们每人扔出一颗手榴弹，跟在了他身后。一个女战士背部中弹，倒了下去。几个女战士站住了，一边还击一边摇晃着倒下去的女战士。

　　洪常青倚在一棵大树后面，甩出一颗手榴弹，大叫着："快撤，敌人攻上来了！"女战士们只好弯腰向山崖退却。又一个女战士倒在血泊中。洪常青等女战士超过他，又扫射了一梭子子弹，最后撤离。

　　躲在石头后面的军官张望了一下，挺身而出："弟兄们，共匪逃窜了，追击！"前面的老四："南爷说了，抓住一个女共匪奖大洋一百！"他冲向山头。南霸天举着望远镜，兴奋地："老四真是只猛虎，已经扑上去了！"胡营长："副官，准备派通讯兵向总座报捷。"副官："内容？"胡营长："共匪娘子军被我部全歼，击毙男女共匪一百，不，二百余名。"小路一面是山崖，一面是陡坡，屏障很少。洪常青和六个女战士弯腰行进。一个女战士蹲下射击。一串子弹射来，她胸口冒出几朵血花，翻身滚下陡坡。洪常青抱着机枪回身扫射。枪口的火舌戛然而止，他扔下机枪，掏出手枪，点射着。

　　士兵和团丁冲上了山头。军官："向营长报告，我连已经占领共匪主阵地，正在乘胜向逃窜共匪追击。"一个团丁踢了女战士尸体一脚："四爷，都是死的。"老四："跟我追活的去！"

小路尽头，前面路断了，是一处悬崖断壁。洪常青和五个女战士跑了过来。老四兴奋地狂呼着："弟兄们，前面是绝路，共匪逃不掉了，抓活的！"由于道路狭窄，士兵和团丁不能一拥而上，但也挤成一排，纷纷向前冲着。最前面的一个中弹滚下坡去。后面的继续想停也停不住。

几根粗大的藤从一棵大树上垂到悬崖下面的深谷。洪常青趴在悬崖边上，举枪点射着。一个负伤的女战士喊着："党代表，你先下！"洪常青严厉地："不许啰嗦，我命令你们下！"女战士："娘子军没我们行，不能没有党代表啊！"洪常青："你们要是不下就是眼里没我这个党代表，快下！"他扔出最后一颗手榴弹。女战士们攀着藤滑了下去。一个女战士肩膀中弹，差点摔下深沟，但她的腿勾住了藤子，挣扎着仰起身子。

深谷杂草丛生。女战士一个个顺着藤滑了下来。她们抬头仰望着上面，呼喊着："党代表，快下来！"洪常青打出最后一颗子弹，转身抓住了藤。一颗子弹击中了他的后背。他挣扎着想往下翻身。又一颗子弹击中了他的胳膊。他回头一看，敌人距离他已经很近了。他艰难地拔出刺刀，举了起来。女战士们还在喊叫着："党代表，快点呀！"

一根断了的藤掉下来。又一根掉下来。女战士们惊呆了。洪常青砍断了最后一根藤。

几个团丁扑上来，按住了他。老四站在他的身前，用脚踏在了他拿刺刀的手腕上。

第七章

天空阴云密布。山谷，士兵、团丁手持上了刺刀的步枪，各站两排，杀气腾腾。五花大绑、身负重伤的洪常青被两个团丁和两个士兵押解着，艰难但却大义凛然地走来。老四高喊："共匪头目洪常青押到！"南霸天和胡营长威严地从石头房子里走了出来。

洪常青站住了，冷冷地看着他们。南霸天紧走两步，迎了上去："洪老弟，真是有缘呀，我们又见面了。"洪常青："南霸天！快收起你这副笑脸吧，你心里不知要杀洪常青多少次了。"

南霸天哈哈大笑："洪老弟，此话差矣。以南某所受古训，在南府你是我的贵宾，在这简陋之地，你依然是南某的座上客。只有共产党才整天喊着阶级斗争，煽动无知愚民杀来杀去，最终白送性命，而我辈绝非以苛政治天下，温良恭俭让才是获取民心之途。老四，给洪老弟让座。"老四连忙搬来一张藤椅，摆在洪常青身后。洪常青毫不客气地坐了下去。

团丁给南霸天和胡营长也搬来了藤椅，他们坐在洪常青的对面。胡营长："副官，让医官给洪长官包扎。"副官一挥手，一个背着药箱的士兵跑过来，给洪常青查看伤口。洪常青摇摇头："我看伤口就不用包扎了。反正洪某之死是早晚之事，何必浪费？不如将此药用到士兵弟兄身上。"南霸天："南某由衷地敬佩洪老弟的大无畏精神，颇有马革裹尸之气概，可理想与现实经常是背道而驰的。实际情况是，红军即将全军覆没，你也成了你眼中阶级敌人的阶下囚。识时务者为俊杰，审时度势乃大丈夫，共产主义非中国国情所能容纳，三民主义才是炎黄子孙之追求。我看洪老弟还是弃暗投明，归顺政府，与南某共商建设海南之大计。以洪老弟这等人才，政府不会亏待你的。只是希望你能把吴琼花等漏网之鱼想办法召集至此。放心,她们的待遇和你一样,只要不再反对政府,甘当顺民,都会受到嘉奖,分到土地和房子。"洪常青:"我绝不会出卖自己的女战士!"

胡营长脸一沉:"洪常青,你不要敬酒不吃吃罚酒!"洪常青:"不幸落入敌手,我已经做好吃子弹和刀子的准备,别说罚酒了。"南霸天:"看来洪老弟对那些女共匪是怜香惜玉,只是不知她们对你是否有如此深情厚谊?"洪常青:"别的我不敢夸口,但找你南霸天报仇雪恨是她们义不容辞的,你就等着这一天的到来吧。"南霸天笑起来:"好,好极了!假如你所言不差,那我马上就安排一个机会,让她们表达对你的这份情意。"洪常青:"无论你用什么阴谋诡计,都不会得逞的。"南霸天:"我就给你讲讲我的阴谋诡计,看看她们会不会按着我的安排、一步步走进我为她们准备好的笼子。"

从悬崖逃出的五个女战士在山林警惕地行进着。远处传来喊叫声:"女共匪,你们听着,你们的头目洪常青让南爷活捉了,他让你们放下武器,归顺政府,做个良民。"阿花:"放狗屁,党代表才不会投降南霸天呢!"另一女战士:"我们要想办法救出党代表呀!"又一女战士:"他是为了掩护我们才被敌人抓住的,不救他,我们的良心就是让狗吃了!"阿花:"当然要救党代表,悄悄向山谷靠近,我们目标小,不容易被敌人发现。"另一女战士有点担忧:"子弹不多了,手榴弹也没了。"阿花:"找到机会,刺刀也管用。"

南霸天依然和洪常青面对面地坐着。南霸天冷笑说:"洪老弟,我要公开把你押解到海口去示众,说你已经投降政府,然后在必经之路设下埋伏。你的女战士得知消息后,都会赶来,或是救你,或是杀你,但最终都是被我所擒获,让你们在南府来个大团圆,你觉得如何?"洪常青轻蔑地一笑。南霸天:"你以为我是用计,没有人会中计,对吗?"洪常青:"当然。"南霸天:"那好,儿戏就此开始。"

榕树下洪常青五花大绑,被蒙住脑袋。十几个团丁和士兵端着枪,押解他行进。远处,老百姓惊慌地观望着。小路上,十几个男女老少在逃难。

红色经典文学丛书

·122·

山林里，女战士奔跑着。阿花："快点，赶到敌人前面去埋伏下来。"

押解的队伍在行进。军官吆喝："都把眼睛瞪大点，耳朵竖直点，小心共匪袭击。"阿福大笑着："共匪六亲不认，早顾着自己逃命去了，谁还会舍了命来救她们的长官。"军官："她们的长官还把她们当亲妹妹呢。"阿福："不如给我当情妹妹。"一声枪响，军官捂住了肚子："妈的，还、还真来了……"他趴在了地上。

子弹从树林中射出。团丁和士兵慌忙卧倒，寻找着还击的目标。枪声中，阿花从树上一跃而下，跳到洪常青身边。四个女战士也冲出来，开枪掩护。阿花喊着："党代表，快跑！"洪常青身上的绳索松开了，一下子抱住了阿花。阿花："党代表，你先走，不用管我！""洪常青"哈哈大笑："谁也走不了！"他一拳击昏了阿花，摘下了蒙在头上的口袋，原来是老四。

另外四个女战士愣住了，扭头就想钻回树林。树林里涌出一股敌人，明晃晃的刺刀对准了她们的胸口。一个女战士掏出手榴弹，刚要拉弦，一颗子弹击中了她的手腕。老四吹了一下枪口上的青烟："都给我绑起来！"

五个女战士被老四和团丁押了进来。洪常青一惊，挣扎着站起来，埋怨着："你们……唉……"五个女战士看见洪常青，全都痛哭起来："党代表——"阿花："我们上了敌人的当！他们让老四穿着红军的衣服假扮你……"洪常青："无耻！"南霸天："兵不厌诈嘛，你洪老弟不是也乔装打扮，拿下过我的南府吗？"洪常青对女战士说："别哭，在敌人面前，谁也不许落泪！"女战士们止住啼哭，一个个愤怒地瞪着南霸天。

胡营长走进来，笑着："说得对，这是聚会，活着的人聚会，当然应该高兴，一会儿，你手下的女人们就都到这里来了。"阿花骂着："别做你的混蛋梦了！"胡营长狠狠地给了阿花一个耳光。鲜血顺着阿花的嘴角流淌下来。

洪常青大叫着："王八蛋，你也算是军人，居然打被捆绑起来的女人，有种的冲我来！"阿花用舌头舔了一下鲜血，闭上嘴，突然，她猛地抬起右腿，狠狠地向胡营长踢去。胡营长捂住裤裆，蹲在地上，连连蹦跳。他掏出手枪，对准阿花的胸膛，连发三枪。阿花喊了一声："红军万岁！"她慢慢倒下，身子扑到了洪常青的怀中。几个女战士惊呼着："阿花——"团丁和士兵拦住了要扑上来的她们。洪常青痛苦地闭上了眼睛。

副官扶起了胡营长："营长，要不要让医官来看看？"胡营长："不用！"他喘着气坐到了藤椅上。南霸天凑过来："胡老弟，这是咱们的战利品，不可草率处置。"胡营长："像南兄对吴琼花一样，不杀不足以平心头之恨！"南霸天小声地："胡老弟，刚才向总座汇报了？"

胡营长点点头，也低声耳语："总座同意用洪常青当诱饵的计划，同时命令，要是钓不到大鱼，就当众处决，杀一儆百，以显示法律之威严和剿灭共匪之决心！"南霸天："总座英明。"

山林里，透过树枝可以看见乌云正在遮住夕阳。娘子军在行进。连长看见了一片木棉树，小声命令着："停止前进，排长过来。"战士们站住了，两个排长跑了过来。连长："这里就是党代表指定的会合地点，我们休息一下，派出警戒，再派出两个战士向两个方向侦察。"排长："是。"

山谷里，南霸天和胡营长面对面坐在一块方石前，石头上摆着一些酒菜。边上的团丁和士兵也围坐在一起吃喝。南霸天喝了一口酒："胡老弟，我想天黑之前要有个结果。"胡营长："南兄有何高见？"南霸天："提前处决洪常青！"胡营长："还没有大鱼上钩就废了鱼饵，岂不是……"南霸天："洪常青依然是鱼饵，只不过是让大鱼看得更清楚而已。"胡营长似懂非懂地看着南霸天。

山坡上面是密密实实的树木，下面是有着芦苇的河谷。一棵巨大的榕树挺立在山腰，附近散落着一些椰子树。洪常青被捆绑着，艰难地站立在榕树前，注视着远方。一排团丁和一排士兵端枪警戒。老百姓被团丁们一群群赶来，集中在榕树前。南霸天和胡营长坐在藤椅上，一个抽着纸烟，一个抽着水烟袋，似乎都很悠然自得。

山林里，女战士们靠着大树坐着休息。连长神态焦虑。一个排长小声

说："连长,会不会侦察员出事了?"话音未落,一个女战士气喘吁吁地跑了回来:"连长,连长,出事了! 出大事了!"连长站起来:"慢点说!"女战士:"党代表……"连长抓住了女战士:"党代表怎么啦?"所有的女战士都站起来,把目光集中到侦察回来的女战士脸上。女战士眼中冒出了泪水:"党代表被、被南霸天抓住,天黑前要在草坡当众杀害! 现在正在驱赶老百姓去刑场呢。"女战士们立刻拉动了枪栓,纷纷低声喊叫:"连长,要救党代表啊!""连长,我们拼了!""连长,快下命令吧!""连长,没有党代表,就没有咱们娘子军呀!"连长低吼了一声:"都给我闭上嘴!"女战士们沉默了,都注视着连长。

连长思考着,然后用目光来回扫视了一圈:"有没有不愿意拼命的?"没有一个人吭声。连长使劲喘了口气:"我们绝不能让党代表被敌人杀害,我命令,跑步前进,天黑前一定要到达草坡!"

山头树木茂密,透过缝隙,可以看见山坡上的大榕树和人群。士兵和团丁在军官的指挥下,悄悄散开,背对着山坡,躲在树干后面或趴在树根下面。两挺机关枪架了起来。河谷,芦苇在晃动,同样可以看见山坡上的情况。士兵和团丁背对着山坡,埋伏下来。竹林有小路从边上通过。枪口和刺刀在竹子中晃动。一个军官指挥士兵把重机枪架在土岗后面。

连长带着人在奔跑。报信的女战士气喘吁吁地说:"翻过这座山包,就是草坡了。"突然,连长警觉地停止脚步,向后一挥手,掏出手枪。后面的女战士全都站住,迅速靠在树干后,端起枪。连长观察着。不远处的一些大树后面也有人在隐藏,还有枪口在晃动。连长招了一下手,她后面两个女战士立刻往地上一扑,匍匐向前运动。对面传来叶容的声音:"是连长吗? 我是叶容。"连长松了口气,从树后站出来。对面,琼花也站了出来。两个人大步走到了一起。

琼花向连长敬了个礼:"报告连长,娘子军一排排长吴琼花带领一排所属一班、二班共十三名战士,及收容的两名重伤员向你报到。"

连长握住琼花的手,压低声音:"你没有按时间到指定地点与我会合,却在这里出现,一定是来救党代表的?"琼花:"你们已经知道党代表被捕的消息？"连长："我们也知道了南霸天要杀害他的消息，就是赶来救他的。"琼花："我也是来救他的，但现在已经决定终止行动。"连长眉头一皱："为什么？"琼花："我感觉这是南霸天的阴谋。"连长："南霸天的阴谋？"琼花肯定地点点头。连长："那你想眼睁睁地看着常青同志被敌人杀害？"琼花没有回答，痛苦地闭上眼睛。

连长带来的女战士立刻愤怒地指责起来："你这是怕死。""是党代表从南霸天手中救了你，指引你来当红军，提拔你当了排长。不救他，是忘恩负义！""你不救，我们救！""谁不救党代表，谁就是我们的敌人！""吴琼花，没想到关键时刻你是个胆小鬼！"一个女战士甚至上来掐住琼花的脖子："我先掐死你这个没良心的臭女人！"

琼花没有挣扎和反抗。连长制止了那个女战士："听她解释。"那个女战士不情愿地松开手。琼花悲痛地："姐妹们，你们怎么骂我都行，但我们真的不能上南霸天的当。党代表为什么会被南霸天抓住，就是因为掩护我们撤退，要我们保存实力，让我们好好活着。我们要是一时冲动，靠我们几十个人的力量，去数百上千敌人设下的圈套中救他，这、这绝不是他希望的。我知道，为了救党代表，没有一个姐妹会怕死，要是我能够代替党、常青去死，不论什么样的死法，我都会毫不犹豫。可、可我们仅仅为了不让别人说我们扔下党代表不管，仅仅要表现一下自己的不怕死，就往敌人的圈套里跳，党代表会骂我们是大傻瓜，他会死不瞑目啊！他、他绝不希望我们去救他，他、他希望我们能够安全撤退，等待时机，给他报仇。这一定是党代表现在唯一的心愿。"她摘下公文包，递给连长。连长接过公文包，打开。里面有地图、文件，还有一封短信。连长打开短信，耳畔响起洪常青的声音：

"连长同志，假如我们再不能见面，你千万不要悲伤，我是最看不得你们这些女人哭天抹泪的，我喜欢看你们灿烂的笑，可惜我几乎没见过你笑。记住，你是连长，你的责任就是要把娘子军带到安全的地方。我最不放心的是琼花，万一我光荣了，她可能会不听你的劝阻，带着战士找敌人拼命，若有必要，可以对她执行战场纪律，但是，她要能把握住自己的感情，没有发生我所担忧的事情，那说明她已经成熟了，她就完全有能力担任更重要的职责。我的这个看法，你一定向王师长转达。希望你在看这封短信的时候能够笑一下，你笑起来，一定是很美丽的。还有，我是男人，但绝没有大男子主义，同时，希望你也别给自己弄个大女子主义的帽子扣头上。"拿着信，连长的手在颤抖，她想笑，但无论如何笑不出来，却有眼泪在流淌。

叶容和阿菊跑来。叶容："连长，琼花姐，你估计得真对，我发现敌人在山头的树林有埋伏，枪口不是冲着刑场，全是冲着咱们的方向。"阿菊："下面的河沟里趴着敌人，也是背朝山坡。"叶容："老百姓里混着团丁，他们以为自己化装得人模狗样，可他们的枪筒子都从后脖领子里露出来了。"阿菊："老百姓都是光着脚，士兵们穿着胶鞋，不是傻瓜都能分辨得出来。"有女战士问："看见党代表了吗？"叶容和阿菊难过地点点头。叶容："党代表被绑着，他一点都不害怕，站在大榕树前，望着山顶，他好像看见了我，好像在说……你千万别过来，你过来我就不给你说开心的笑话了……"连长一抹眼泪："我命令，停止行动，全连就地隐蔽到天黑！"一些女战士抽泣起来。连长："哭什么？党代表最看不得你们这些女人哭天抹泪的！"琼花眼中没有泪水，只有怒火和愤恨。她把手放到嘴边，狠狠地咬住，一缕鲜血流淌下来。

天色昏暗了，晚风强劲地吹来。数百名老百姓在枪口和刺刀下沉默地站立着。洪常青一动不动，有如雕塑。

胡营长看看天空："南兄，看来那些漏网的女共匪早已经逃之夭夭、自顾不暇了。"南霸天从藤椅上站起来，走到洪常青面前："洪常青，我为你感到悲哀，你那些小妹妹们居然可以丢下你这个大哥哥，只管自己逃命去了。"洪常青哈哈大笑："这正是我所希望的，也正是你所失望的。"南霸天："我承认她们聪明，没有上当，但没有上当的结果就是伤心，其实，南某又何尝不伤心，像洪老弟这样本应对国家有用之才误入歧途，却又执迷不悟，走上不归之途，没有人会开心。"洪常青："我相信这是你的真实感受，不过你嘴中的歧途正是我眼中的康庄大道，你所维护的国家正是我所要推翻的反动统治。"

南霸天："你我再辩，也于事无补。老四，给洪少爷准备上路！"老四指挥团丁把木柴架到大榕树下，然后泼上油料。胡营长走过来："洪常青，人可只能死一次,你还有最后的机会。"

洪常青冷笑一声,向大榕树下坚定地走去。在大榕树下他站住了,仰望苍天,小声而清晰地朗诵着雪莱的诗——《自由颂》:

庄严的歌声终止,那慷慨悲歌的精灵,

忽然返回到它深深的渊谷;

像一只野天鹅雄壮地高飞,

冲破黎明时分雷电轰轰的云雾,

但雷电击中了它的头颅,

于是从金光闪闪的空中一落千丈,

跌落在砰然做声的荒野;

像夏天的云卸除了雨水就归于灭亡,

像远远的烛光,随着昼尽夜来而殒命,

我的歌落下了,它的翅膀失去力量,

余音渐渐远去,在它的上空沉寂,

仿佛才让溺死者浮游过的海波,

终于在翻腾中将他淹没。

南霸天面无表情地一挥手。老四划着了一根火柴,丢进木柴中。火苗升腾起来。

女战士们隐蔽在大树后和草丛中,全都静静的,没有一点声音。

石头房子内汽灯高悬。南霸天躺在一张竹床上,一个丫环在给他捶腿。他突然坐了起来,把丫环吓得坐在了地上。南霸天愤怒地狂吼:"我就不信收拾不了一群臭女人!"老四从外面冲了进来:"南爷,怎么啦?"南霸天问:"除了那几个女共匪外,还抓了多少匪属?"老四:"按南爷的吩咐,只抓了几个当官的家眷,有一个营长的老妈,一个副团长的爹,一个连长的奶奶,一个政委的六岁儿子，还有一个赤卫队长的老婆和她两个孩子一个婆婆。是不是少了？"南霸天："明天把女共匪还有这个赤卫队长的老婆和她一家人都押回椰林镇。"老四："剩下的呢？"南霸天："挖个坑，活埋！"

山林中一块不大的空场上，娘子军女战士们排成三排。连长站在前面，低声地："同志们，在党代表常青同志带领一排战士的掩护下，现在全连还有七十五名战士，也就是说，娘子军的主力得以保存。为此，我们付出了最惨痛的代价，常青同志被敌人残忍地杀害了。这个仇，我们一定要报！"

她沉默了一会儿，接着说："现在，我们面临的是敌人的围追堵截，敌人随时都可能出现，所以，我们要往密林转移，那里的条件会非常艰苦，同志们一定要做好过野人生活的思想准备。敌人的大规模围剿不可能持续太久，他们在五指山可以猖狂一个月、两个月，时间长了，他们的给养供应不上，我们也要找机会骚扰敌人，不让他们舒舒服服地待在深山老林里。等到他们顶不住，大部队撤走之后，这里还是我们的天下！"

琼花："连长，还要和王师长他们联络。"连长："琼花同志提醒得好。我们要派出侦察员，化装成老百姓，找到师部，争取早日得到上级的指示。现在休息半个小时，然后出发。二排长，从你们排里派出四名战士，去寻找师部。"二排长："是。"

阿菊一屁股坐下去，哎哟了一声。琼花回头看了一眼，连忙蹲下来："阿菊，你受伤了？"阿菊点点头。琼花埋怨地："你怎么不早说，我这个排长真是官僚主义，还派你和叶容去侦察。"阿菊："我是党员，危险的事当然应该派我去。"琼花："伤着哪儿了？重不重？"阿菊："大腿上穿了个小洞，不重。要不，我还能跟着你们跑几十里山路？"琼花："我看看。"阿菊："别看了，大腿根上，我已经包起来了。"琼花："注意，千万别发炎了，咱们现在可是什么药都没有。"

南府院内，二嫂被吊在一根木桩上，团丁用皮鞭抽打着她。她不时发出惨叫和怒骂："你们这些挨千刀的！看我孤儿寡母的，欺负我。有种的就跟红军打呀……哎哟……啊……南霸天，你这个千刀万剐的，干脆痛痛快快的，把我杀了吧，我什么也不会告诉你！"老四照着二嫂肚子就是一脚："跟南爷说话，嘴里放干净点！再骂，我先把你开膛破肚！"南霸天抬起文明棍，阻止住老四："住手。你我乃代表政府维护治安，剿灭不法之徒，对匪属要以感化安抚为重，绝不能一人有罪，株连九族。"老四："是。"

南霸天对二嫂说："二嫂，你放心，南某绝不会像共匪般残忍，滥杀无辜。我知道，你丈夫就是被共匪在肃反时给砍了脑袋，害你年纪轻轻就守寡，你和共匪该有刻骨之仇。你只有归顺政府，才能报仇雪恨。"二嫂："别跟我说好听的，我老公干革命，做他的老婆就不能反革命！我要反革命，我老公的冤仇就更报不了啦。"南霸天笑笑："一个乡下女子，懂什么革命？万不可听共匪煽动。话又说回来了，革命不就是为了过好日子吗？南某马上可以让你过上好日子。给你五间房子，十亩水田，一头牛，一片林子。"二嫂："你要给所有的穷人房子、水田、牛和林子，我就不革命了。"

南霸天脸色一沉："刁妇，不知好歹！老四，把二嫂的俩孩子和婆婆一起带到土牢去！"

土牢内阴森昏暗，老四把二嫂押了进来。团丁把两个孩子和老太婆也推进来，两个孩子胆怯地抱着二嫂的腿。他用脚踢开土坑上的竹篱笆盖子，露出一坑毒蛇和一坑蝎子。毒蛇昂起了头，吐着长长的舌头。蝎子到处乱爬，有几只蹿了上来。两个孩子吓得尖叫起来，躲到二嫂身后。

二嫂也闭上了眼睛。

南霸天在门口露出头："二嫂，现在两条路任你选。一是敬酒，按南某的心愿，去找娘子军，把她们引下山来，我给她们分房分地，劝说她们当顺民；二是罚酒，你的两个亲生骨肉扔进毒蛇坑，你的婆婆扔进蝎子坑，你呢，让你活着，回到乡亲们中间，背个不养不孝的千古罪名。"两个孩子哭叫起来："妈妈，我们不进毒蛇坑，我们怕，怕呀……"老四一手抓住一个孩子，把他们提在毒蛇坑和蝎子坑上面，做出要往下扔的动作。老太婆跪下来："南爷，两个坑都让我下，可千万不能糟蹋孩子，他们是我家的根……作孽呀……"二嫂睁开了眼睛："南霸……南爷，我问你。"南霸天客气地："说。"

二嫂："娘子军的姐妹下了山，你真的不杀她们？"南霸天哈哈大笑："南某绝非嗜血之人。都是中了共匪宣传毒素之乡里乡亲，认个错就既往不咎。同样分房分地，安居乐业，不会难为她们。"二嫂："那我试试……"

南霸天一阵大喜："老四，松绑，安排二嫂一家住进客房。"老四把两个孩子放到地面上，两个孩子扑到二嫂怀中。

天空乌云翻滚。原始雨林里，女战士们用野芭蕉叶和竹子搭着人字形棚子。

棚子里有些昏暗，叶容躺在茅草上，脸上都是汗水，拼命撕扯衣服，扔在一边。她光光的脊背上湿漉漉的。琼花坐在叶容身边，用一块布给她擦着汗水。

阿菊蹲在边上："琼花姐，叶容得的病和原来党代表得的病一样。"琼花神情呆滞，梦呓一般："党代表病了吗？常青病了？什么病？他不能病，他要指挥我们呀……"叶容："琼花姐，你怎么啦？你想党代表了？"阿菊摇晃着琼花："琼花姐，是叶容病了。"琼花似乎清醒了些，她抱住叶容："没事，你好好躺着，我和阿菊去挖草药。党代表的病就是我们挖的草药治好的。常青说草药也是科学，也能治病。"连长钻了进来："叶容，你一定要顶住啊，敌人的子弹都打不着你，这点小病更打不倒你。"琼花："连长，我和阿菊去挖草药。"连长："小心点，附近虽然可能没有敌人，可野兽不少。天黑前一定回来，看样子台风又要来了。"琼花："是。"她和阿菊钻了出去。

乌云密布，树梢抖动。树叶和干草被吹起来，连长大喊着："台风马上就来了，各班加固棚子！"女战士们砍来藤和竹子，加固棚子。婴儿的啼哭声传来。红莲连忙扔下手中的藤，钻进棚子。婴儿包在花布里，哇哇大哭，红莲心疼地抱起婴儿。她解开衣襟，露出乳房，正在喂孩子，突然犹豫了一下，抓起一个搪瓷碗，把奶汁挤到碗里。婴儿依然啼哭着。一个女战士水淋淋地钻进来，看见红莲往碗里挤奶，奇怪地问："红莲姐，你这是干吗？孩子又不会用碗。"红莲："叶容病了，不能烧汤，给她喝点奶，也能补身子。"女战士："那我去送，你快喂孩子吧，你看孩子都哭成什么样了。"

　　风雨交加,棚子被风吹得摇晃。哨兵的斗笠飞了出去,她犹豫了一下,站立在原地,任凭雨水浇打。棚子里,女战士们挤成一团。叶容呻吟着:"琼花姐,我冷,我冷啊……"琼花抱住了叶容。叶容哆嗦着:"冷……"阿菊:"琼花姐,点火吧。这么大的台风,敌人早缩进屋里去了。"琼花摇摇头:"不行,我们现在的处境让我们不能有一丝一毫的疏忽,否则,党代表就白牺牲了。"她把身子下面的茅草抽出来,盖到叶容身上。阿菊从另一边抱住叶容:"叶容应该好点了吧?"琼花:"咱们挖的那些草药不能熬,她只能生吃下去,不知道管不管用?"阿菊靠在了琼花身上:"管用,肯定管用。"

　　风小了,雨还在下。琼花和阿菊又在挖草药。阿菊:"琼花姐,我看党代表的病还是小白药片治好的。"琼花一声不吭,只是埋头挖着。阿菊:"琼花姐,要不我溜下山去找郎中抢点小白药片回来?"琼花狠狠地瞪了她一眼,阿菊不吭声了。

女战士们又在搭建棚子。连长命令着："搭结实点，屋顶用茅草，搞上篱笆墙，哪怕明天就转移，也不能因为风雨就露宿。千万不能再有人生病了，否则，还打什么仗！"一个排长跑过来："连长，我们的米都被雨水泡了。"连长一愣，随即说："那正好生着吃，休息半个小时，吃饭！"不远处传来喊声："叶容不行了！"刚抓起一把大米的琼花扔下大米冲了过去。

琼花抱着叶容，呼喊着："叶容！叶容！"边上围拢着几十个女战士，也纷纷呼唤着："叶容！"

叶容慢慢睁开了眼睛，朦胧地看着周围。琼花摸着叶容的脸："吓死我了。"叶容喃喃地："琼花姐，我死不了，我不想死，我想嫁一个我喜欢的男人……"她头一歪，闭上了眼睛，一动不动。琼花嘶叫了一声："叶容啊！"连长直起腰，沉痛地摘下了军帽。女战士们也纷纷站起来，摘下军帽，向叶容致哀。

琼花默默地拔出刺刀，抓住自己头上的长辫子，猛地连根割断。她把辫子上半截散开，摘下叶容的军帽，把头发铺在叶容的头顶上，再给她戴上军帽。叶容有了一头秀发。琼花为叶容在额前弄出刘海，又把辫子解开，梳成两根，搭在她的胸前。她用手抹干叶容脸上的雨水，可她的泪水却不停地落在叶容的脸上。阿菊失声痛哭起来。女战士们不停地抽泣。连长转过身子，凝视着浓重的乌云，一步一步向前走去。红莲的婴儿又啼哭起来。

雨停了，乌云还是低垂。连长默默地站立着，手里捧着绣好的荷包在沉思。琼花沉重地走到她的身边。连长没有回头："是琼花吧？"琼花："连长，是我。"连长："琼花，你是不是来问我，以后该怎么办？"琼花："是。你是连长，你应该带领大家坚持下去。"连长："我从来没有遇到过这么艰难的处境，党代表不在了，就我一个人，真是有力不从心的感觉。"琼花："党代表不在了，支委会还在，党员还在，靠我们这些党员，像大树的树干一样，支撑起娘子军所有的枝枝叉叉。"连长："你说得对，我们马上召开全体党员的会议，大家一块想办法，形成主心骨。"

琼花："连长，你手里的荷包是……"连长连忙收起了荷包："是我绣着玩的。"琼花："我看见你绣好了又拆了，再绣，对它很珍重。连长，这个荷包是不是绣给你心爱的人的？"连长脸更阴沉了："这么残酷的环境，革命者哪有时间谈情说爱？"琼花一愣。连长："走，回去开党员会。"连长、琼花、红莲、阿菊和两个排长围坐在竹排上开会，神情都很严肃。连长："粮食被雨水泡烂了，就是不泡烂，也只够吃几天的。今后只能吃野菜野果树叶草根，没有食盐。两个重伤员的伤口在恶化，几个轻伤员的伤口也开始发炎。更关键的是敌人在大规模地搜山，我们随时要转移，甚至要进行殊死搏斗。面对这种情况，现在需要一个坚强、坚定、坚韧、坚决的核心，带领娘子军渡过难关，这个核心理所应当是我们在座的同志们。"

红莲："连长，我会牢记入党宣誓的誓言，革命到底，永不背叛！条件就是再艰苦，我也一定能挺住。"一排长："连长，你现在就是我们的头，我们全都听你的。"连长："听党的，我也一样！"阿菊："连长管打仗的事，党的事需要另有个人管。"排长："连长是我们中间最老的党员，她最坚定。"连长一瞪眼："别吵了，我要是这么自信，还找你们来开会干什么？党指挥枪是我们共产党人搞武装斗争的原则，就是我带着你们坚持下去，也要有党的支持！阿菊说得对，我们的支委会需要有人挑头。"

琼花开口了："连长的担子已经很重，随时要准备带着大家转移，指挥我们和敌人拼，假如同志们信得过我，在这个非常时期，我愿意出来挑头。等找到师部后，再请王师长正式派一个新的党代表来，领导支委会。"阿菊："我同意。"二排长："不行，这不符合组织程序。"

阿菊："党代表说过，有时候要灵活，打南府不是都违抗王师长的命令了吗？结果王师长还表扬了我们，给我们立功。"连长点点头："在特殊情况下，确实需要机动灵活，教条主义有时候害人。"红莲："咱们举手表决吧，以后万一上级批评我们，由全体党员来共同承担责任。"

连长果断地："我们太需要有一个党代表了，所以，在和上级联系中断的情况下，我们自己推举出一个来。同意吴琼花同志担任娘子军临时党代表的举手。"她率先举起了手。除了二排长外，其余几个人都举起了手。连长："反对的举手。"二排长低声地："我弃权。"

连长："好，六人参加会议，五人同意，一人弃权，按照少数服从多数的原则，吴琼花同志从现在起，就是娘子军的党代表了。"她从墙上摘下公文包，郑重地交给琼花："里面是地图和党的文件，希望你能保存好，使用好。"

琼花接过来，把它紧紧抱在了怀中。沉默了几秒钟后，她说："我以党代表的身份要求所有党员同志，每个人最少要团结十个战士，给她们做思想工作，保证她们不生病，不做逃兵，大家要死一块死，要活一块活，娘子军的大旗一定要打下去！现在转移。"

三岔路口，娘子军战士向右边行走。红莲和琼花站在往左边走的路上，红莲已经换上了便衣。红莲："我把孩子安全送到婆婆那里，就赶快回来找你们。"琼花神情凝重地："三天之内不发生意外情况，我们可能不会再转移。同志们也该休整一下了，身体都要垮啦。"红莲："你们万一转移了，我也要找到你们，我觉得一天都离不开娘子军了。"琼花："一定要小心，另外，回来时最好能带点粮食和盐。"红莲点点头，转身离去。

连长走过来："两个重伤员也被阿菊安排好了，我看阿菊腿上的伤也在恶化，但她做出没事的样子，又是党员，就没让她一块留下。"琼花："她能坚持。"

远处有一堆一堆的篝火，隐约还可看见耸立的炮楼。红莲抱着孩子蹲在一棵树后，正要往山下冲，又趴了下去，用手捂住孩子的嘴。一队团丁端枪巡逻过来。

红莲婆婆家，油灯昏暗，婆婆在擦拭着木头人。门开了，红莲闪身进来，把门紧紧关上。婆婆一惊："你、你……红莲。"红莲小声地："婆婆，是我。"婆婆有点怨气："红军完了吧？你们打不过南霸天，他有政府给撑腰。回来好，回家来好好过日子，婆婆还把你当媳妇。"红莲一下子跪在了地上，把包裹得紧紧的婴儿递上去。

婆婆："认个错就行了，一家人，不用送礼。"红莲："这不是礼，是您的外孙女。"婆婆："我的外孙女？"红莲打开包裹的布，露出孩子的小脸。婆婆惊喜地："你生的？和谁？"红莲："阿牛，我们举行了婚礼。"婆婆接过孩子："那阿牛呢？他怎么不来？我让祠堂给你办过继酒席，再给阿牛办入赘酒席，你就是我名正言顺的女儿，阿牛就是我名正言顺的女婿，这孩子就是我名正言顺的外孙女。"红莲："婆婆真好。"婆婆："你快起来吧。"

红莲："婆婆要答应我收养下外孙女，我才起来。"婆婆："我收养下，收养下，今后她就叫我外婆。哎呀，这孩子怎么瘦成这样？是了，你在山上没东西补，不下奶，我先去杀只鸡给你熬汤。"红莲起身："谢谢婆婆，今后你就受累了，又要当外婆，还要给她当爹妈。"婆婆不解地："我给她当爹妈？那你们呢？"

红莲坚定地："我马上就要走。"婆婆惊讶地："走哪去？南爷说了，只要放下武器，回家好好过日子的红军，不论男女，都一律宽大，还分田分林子。"红莲："别信南霸天的鬼话！婆婆，我还要回到山上去，红军没完，只是暂时分散了，敌人消灭不了我们，早晚有一天我们要把他们消灭，让穷人真正当家做主。"婆婆："你走，我不拦你，可这孩子没奶吃呀。"红莲："给她喝米汤，再找点羊奶，她命硬，是炸弹给震出来的，保证能好好活下去。我天天要转移，要打仗，实在是带不了她，要不，我也舍不得把没出满月的孩子扔下不管呀。"她的眼泪冒了出来。

婆婆："大人作孽，孩子也作孽，我给你准备点吃的，带上山去吧，要不是看在这孩子的份上，我、我真不想管你的事！"红莲要去接过孩子。婆婆没给她，嘟哝着："跟着你遭罪。"

另一片山林里，女战士们又在搭建草棚。阿菊正往上递着茅草，突然一下子摔倒在地。琼花从屋顶上跳下来，抱住阿菊。女战士们围拢上来："阿菊怎么啦？"琼花："伤口化脓，又几天没粮食吃，昏过去了，快找点水和吃的来。"有女战士递过一根竹笋："琼花姐，刚掰下来的。"琼花接过来，咬了一口，使劲嚼了几下，吐在手心，塞进阿菊的嘴里。又有女战士递过一碗清水，琼花接过来，喂给阿菊。阿菊躺在草棚内竹排上，慢慢地睁开了眼睛。

疲惫不堪的女战士们钻了进来，横七竖八地躺在了阿菊身边，发着牢骚："这要躲到哪一天才算到头呀？""不算阿菊，刚才又饿昏了三个姐妹。""几个本来是轻伤的，没医没药没营养，现在都成了重伤。""反正是饿死、病死、苦死，干脆和南霸天玩命拼死算了！""别发牢骚，现在不止连长一个跟你瞪眼了，琼花要是也发怒起来，你非吓得尿裤子。""琼花当了党代表，根本就不随便发怒了。"

连长在门外咳嗽了一声。女战士们顿时沉默了。阿菊轻轻翻了个身，把墙上挂着的手榴弹不声不响地摘下来，放进一个小背篓里。

琼花一个人独自站在山坡。她掏出怀表，自言自语："常青，我主动挑头担任临时党代表，你一定不会反对，可、可我觉得真难啊。你要是在就好了，女战士们都把你当大哥哥，她们听你的，我、我也听你的，你告诉我，现在该怎么办？再这么下去，娘子军真的会垮了……"

不远处传来喊声："琼花，临时党代表，阿菊跑了！"

山林稀疏的树木间搭起几间草棚。女战士们议论着："阿菊怎么会跑了呢？""她是党员呀。""党员也是人。""党员应该比一般战士革命信仰更坚定。"琼花沉缓地摇摇头："阿菊绝不会逃跑。"连长："你怎么不相信事实！她把枪留下，跟谁也没打招呼就失踪了，不是逃跑是什么？"

琼花固执地："不，她不会逃跑，肯定是有别的情况。红莲、二妹，带上武器，跟我去追阿菊！"连长："你知道她往哪跑了，深山老林里，到处没路，到处又都是路，怎么追呀？还是准备转移吧。"琼花："天黑前追不到，就转移！"

夕阳笼罩着起伏的山林，阿菊拄着一根竹竿，背着小背篓，一瘸一拐地走着。她的脸沐浴着阳光，但却没有表情。琼花带着两个女战士快速行走着。红莲："琼花，你能肯定阿菊是往这个方向走的吗？"琼花没有吭声，只是迈着大步。

几十个穿便衣的持枪者在山岗东张西望。为首的说："眼睛都瞪大点，连一只鸟也别漏过。"旁边一人："共匪好像老鼠钻洞，一个都不见了。"另一人："这跟打猎一样，不是每次都能打到猎物的。"为首者："闭嘴，下面有人。"阿菊走到湖畔，蹲下来。平静的湖水中映出她美丽的面容，她捧起湖水，喝了一口，然后洗着脸上的汗水。突然，后面传来喊声："女共匪，举起手来！"阿菊慢慢回过头，一群穿便衣的敌人端着枪正向她包围过来。阿菊从牙缝里冒出一句话："我正找你们这些野兽呢！"她毫不慌张地把背篓从肩膀上取下，轻轻地放到了地上。为首的敌人："小姐，你是准备下山投诚的吧？"阿菊回答得很痛快："是准备下山给你们送点礼物的。"她把手伸进了背篓。

背篓里，是二十几颗已经拧开盖子的手榴弹。阿菊抓出一颗手榴弹，一拉线，扔了出去。还有几十步远的敌人惊叫着："快卧倒！"手榴弹爆炸了，硝烟中，两个敌人飞了起来。阿菊接连扔出两颗手榴弹。爆炸中，敌人开始了射击。阿菊趴在湖水边上，接二连三地把手榴弹扔了出去。敌人鬼哭狼嚎。

正在奔走的琼花站住了，远处传来枪声和爆炸声。琼花："肯定是阿菊和敌人干上了，快，从边上插过去。"阿菊的肩膀中弹了，她甩出最后一颗手榴弹，刚要站起来，大腿又中了一枪。敌人大叫："她跑不了啦，抓活的！""是漂亮小姐，带回去做老婆。"阿菊哼了声："做梦！"她一个翻身，滚进了湖水中。湖水立刻淹没到她的腰部。湖水在渐渐淹没她。十几个敌人居高临下，举起了枪。为首者喊着："回来，不许自杀！再不回来就开枪了！"没有回答。为首者一挥手，枪声响起。

阿菊双手扬了一下，优美的身躯沉了下去。

月光下，山林中几十个女战士围在一起。琼花提着背篓站在中间。她低沉地说："我以临时党代表的身份告诉同志们，阿菊绝不是逃跑。"沉默了一下，她把背篓往地上一扣，嘶叫着："我命令，今后谁也不许去拼命！"女战士们看见地上是手榴弹的盖子和一些拉线。

南霸天在书房看书。姨太太给他扇着扇子，说："爷，祖祠已经完工了，什么时候举行庆典呀？几个大户人家的太太和小姐都问我呢。"南霸天："我都不着急，你们急什么，等到把吴琼花抓到了，就拿她祭祀祖先。"姨太太："什么时候能把这丫头抓住？要是三年五载抓不住，咱的祖祠就不祭祀祖先，不搞庆典了？"南霸天瞪了姨太太一眼："你就不会说三日五日就把吴琼花抓住这样的吉利话？"姨太太靠到南霸天怀里："爷,人家没读过书,不会说话嘛。"

南霸天自语："你倒是提醒了我。"姨太太："提醒爷什么？"南霸天没理睬她,叫着："老四。"老四从外面跑进来："南爷,有什么吩咐？"南霸天："老四,那个二嫂出去多日了,有何消息？"老四："现在还没有。"南霸天："你说她会不会一去不复返,投奔共匪了？"

老四摇摇头："南爷,这个女人不怕挨打,不怕杀头,怕的就是把她两个孩子和婆婆给扔毒蛇蝎子坑里,现在她两个孩子和婆婆仍在咱们手中,她找到了娘子军敢不报过信来吗？"南霸天："几日之内,再无消息,先拿她婆婆开刀！"

女战士们坐在草棚外面,憔悴不堪。突然,外面传来岗哨的惊呼："连长受伤了！"琼花一下子冲出门去。红莲也连忙穿上衣服,跟了出去。月光皎洁。连长两腿全是鲜血,靠在树干上。琼花蹲在边上,用布给她包扎。

排长跟周围的女战士们讲着："整个五指山都被敌人封锁了,小村庄被烧毁,大村庄被占领,我们摸到一块离村子远些的木薯地边,想挖点木薯带回来,结果和敌人的巡逻搜山队遭遇,连长为了掩护我们两腿受伤,还、还牺牲了一个同志。"琼花站起来："包好伤了,把连长抬到草棚里休息。"连长挣扎着："琼花,以后你的担子更重了……"

月光洒进草棚,连长躺在竹排上,琼花坐在她的身边。琼花小声地："连长,还在流血,看来伤得不轻。"连长声音更小地："千万不要让同志们知道,有一枪打在骨头上了。"琼花："应该马上动手术取出子弹,要不然……"连长："我知道,要不然整条腿可能就废了。可是,没有医生,没有一点药品,根本做不了手术,只能靠毅力忍着。"琼花："连长,你认为所有的女战士都有你这样的毅力吗？"连长："她们必须得有,否则就坚持不下去。"

琼花："连长,我认为就是能坚持,再这样下去,战斗力也会被大大削弱,即使不让敌人给消灭,也会被恶劣环境给困死。所以我考虑把娘子军转移到五指山脚下的东部。"连长："那不是南霸天统治的地区吗？"琼花：

·140·

"对,那里虽然也有敌人,但更多的是团丁和保安队,战斗力相对弱了许多,而且敌人想不到我们会躲在他鼻子眼睛下面,反而比在山里更安全,这就是我们人少分散的优势。关键是,在山脚处,粮食、食盐、药品会容易到手得多,我们就不至于被敌人围死困死了。"

连长:"琼花,你是不是因为我受了重伤才产生这种想法的?我可以告诉你,绝不能以我的重伤为借口,让全连同志承受巨大的危险。"琼花:"连长,我一直在考虑应该怎样渡过难关,你的受伤只不过让我这个想法更明确了。我相信山脚下的敌人戒备得肯定没有封锁线一带森严,战斗力更比不上围剿和搜山的敌人正规部队,那才是敌人真正的薄弱环节,我们为什么不隐藏到那里呢?同时我们还可以悄悄地招兵买马,扩大武装,等到反攻的时机来了,我们不正好冲在最前面吗?"

连长点点头:"你分析得有道理,但我们不是一两个人,几十个人通过敌人的封锁线恐怕很困难。"琼花:"是很困难,但是,有人能帮助我们。"连长:"谁?"琼花:"黎族老猎户。在追阿菊的时候,我遇到了他。"连长:"他不知道王师长的情况?"琼花:"他要知道,我早就会向你汇报了。"连长:"好,那我们明天就行动。"

远处是封锁线,有着篝火和炮楼。红莲和琼花从石头后面抬起了头。红莲:"我就是在敌人巡逻队巡逻的间隙里插过去的。"琼花:"你是一个人,好办,现在是几十人,还要抬着连长,不能冒险,只能听黎族老猎户的。"

悬崖下杂草丛生,有藤条从上面垂了下来。一只狗熊奇怪地看看,摇摇晃晃地走开了。一个女战士顺着藤条滑了下来,立刻端枪巡视着四周,没发现什么情况,使劲晃了一下藤条。很快,垂下来几根藤条,几个女战士顺着藤条滑了下来。琼花背着连长滑下来,黎族老猎户也滑下来,女战士都滑下来。

老猎户:"琼花党代表,顺着这深沟走到河边,蹚过河去,就算出了五指山,也就过了封锁线了。"琼花低声地:"老伯,谢谢你,你要有了王师长他们的消息,及时告诉我们。"

太阳正在升起。茂密的树林，一边是山岗，一边是湍急的流水。女战士们散布在椰子树下。琼花指挥着她们把竹竿绑在椰子树干上，把巨大的椰子叶子盖在竹竿上，小棚子就搭建起来了。连长第一个被抬进棚子。

　　红莲倚在一棵椰子树后，凝视着前方，透过椰林的空隙，可以隐约看到地平线处的村落。她把手放到了胸脯上，脸上的神情有些黯然。琼花来到了她身后："红莲姐，想孩子了吧？"红莲："不，不想。"琼花："骗人。你要真不想就不是个好母亲！"红莲："琼花，你现在是临时党代表，我……"

　　琼花不高兴地："临时党代表怎么啦？我们就不是好姐妹，你就不跟我说实话了？"红莲点点头："琼花，我想孩子，我恨不得现在就能飞到孩子身边去。"琼花严肃地："符红莲，接受命令。"红莲："是。"琼花："你马上化装成农妇，到村里搞到粮食、食盐、老百姓治外伤的药，还有草纸和棉花。"红莲："保证完成任务！"

　　琼花的口气缓和了些："红莲姐，孩子是革命的后代，抽时间去看看，给她喂喂奶，但一定要注意安全，千万不能留下痕迹，更不能把尾巴

带到营地来。"红莲激动地抱住琼花:"放心吧。"

棚子内,只有琼花和连长两个人。连长躺在吊床上在冲琼花发火:"琼花,在这么危险的环境下,你竟然还批准红莲去看望孩子,说轻点是麻痹大意,说重点是搞无原则的姐妹私情!"琼花:"连长,你别激动,你的伤口……"连长:"我的伤口不算什么,大不了就是光荣了,娘子军的安危事大啊!"琼花:"我绝对信任红莲对党和革命的忠诚。"连长:"我也不怀疑红莲,但她能保证不被敌人发现,不被敌人跟踪吗?"琼花:"谁都保证不了,就是在深山老林里,也保证不了。连长,我们总是要派人到村里去搞给养的,红莲去的危险性并不比她们大。连长,我倒是觉得你……"连长:"我怎么?"琼花:"等你伤好了再跟你说吧。"

红莲翻墙进入婆婆家院子,她扒住墙头观察了一下四周,才向房间走去。屋里油灯昏暗,婆婆抱着孩子,抱怨着关门的红莲:"我以为你不要孩子了呢。"红莲急切地从婆婆怀中接过孩子,她解开衣襟,露出乳房,喂着孩子。孩子吸了几口,啼哭起来。婆婆抱回孩子:"你看你面黄肌瘦的,哪还有奶呀?就是有一点,孩子也不习惯吃了。"红莲顿时泪流满面。婆婆:"哭,哭有什么用?后悔了,就回家好好过日子来。"红莲抹了一下眼泪:"婆婆,会有这么一天的,但不是后悔,是因为革命胜利。"婆婆摇晃着孩子:"为了这孩子每天能在亲妈的怀里睡觉,革命早点胜利吧。"红莲机警地出现在椰林中,哨兵欣喜地低声呼唤着:"红莲姐回来了!"女战士们从棚子里涌出来,把红莲团团围住,琼花也急切地走来。红莲把背上的竹篓放到地上:"报告临时党代表,符红莲完成任务。"琼花从背篓中掏出了米糕、粽子,马上分给了在场的女战士们,女战士立刻狼吞虎咽起来。琼花拿到了一包东西,刚要打开。红莲说:"是老百姓治疗跌打损伤的外用药。"琼花点点头,转身就向棚子跑去。

红莲拿出些草纸,递给几个女战士,小声地:"别用干树叶了。"有女战士想起了什么,问:"红莲姐,小娘子军怎么样了?"红莲:"她想你们这些阿姨呗。"女战士好奇地:"她怎么表示想我们?"红莲:"哭,大声哭。"女战士们低声笑起来。

琼花把一些白色的粉末撒在连长的伤口上，然后用干净的布包扎起来。连长感慨着："同志们终于吃到熟东西了。"琼花："伤员能用干净布包扎伤口了，红莲真是心细，连女人每个月要用的草纸都带回来了。"连长："看来还是古人说得好，小隐隐于山，大隐隐于市。"琼花："这是什么意思？"连长："就是说躲在深山老林里并不是真正藏起来的好地方，躲在繁华的城市里反倒不容易被发现。"琼花点点头："常青说过，有时候，越是危险的地方就越安全。"

连长："不过还是不能有一丝一毫的麻痹大意，火不能烧，灯不能点，白天四个岗哨，晚上六个岗哨，流动哨要在三里路以外的地方。"琼花："是。"连长："再派人去寻找师部。"

椰林中，二嫂背着布包，挂着竹竿，头发散乱，疲惫不堪地走着，她东张西望地在寻找着什么。突然，有枪口顶住了她的后腰，她僵住了。有人把她绑了起来，嘴里塞上布团，眼睛蒙上了黑布。

琼花给连长喂着椰子汁。连长："琼花，我、我觉得伤口火辣辣的，大、大概是发炎了⋯⋯"琼花："不会，已经给你用了老百姓的跌打损伤药。"连长："琼花，不用安慰我，我是想让你有个思想准备，万一我突然昏过去，全连的事就交给你一个人了，你一定要带好她们。"琼花："连长，你放心，我一定想办法让你的伤口不恶化。"

门外有女战士小声地："连长，临时党代表，抓了个贼头贼脑的人来。"琼花："什么人？"门外女战士："原来赤卫队长的老婆二嫂。"琼花："二嫂？"女战士："是她。"琼花："带进来吧。"

门开了，二嫂被推进来，琼花向女战士示意了一下。女战士给二嫂松了绑，摘下眼罩，掏出嘴里的布团。二嫂适应了一下屋里的光线，看见了琼花和躺在竹排上的连长，立刻瘫软在地："我可找到你们了！"琼花问："你找我们干吗？"二嫂啼哭着："活不下去了，红军家属不是杀就是抓，有的送去修炮楼做苦工，有的送去妓院当妓女，找到你们还能有一条活路呀。"

连长虚弱地："二嫂,我们环境也很凶险,跟着我们,死的可能性更大。"二嫂："反正都是死,跟你们在一起还能拼一下,杀几个敌人当垫背的,就是死了也不冤枉。"琼花："你没受过训练呀,就是有战斗,你也参加不了。"二嫂跪下乞求着："我干什么都行,做饭,抬担架,伺候连长……你们一定要留下我,看在我死去丈夫的份上留下我,我求求你们了。"琼花看看连长。连长点点头。琼花："那你暂时留下吧,平时照料连长,有紧急情况,背着连长转移。"二嫂站起来："行。"连长严厉地："没有我和琼花的命令,绝对不准走出营地。"二嫂："我就伺候连长,哪都不去。"

密林里,王师长靠着巨大的树根,从地上抓起几片干枯的树叶,揉碎了,塞到竹烟筒的烟嘴里,用火绳点着抽。坐在他对面的参谋长："师长,没烟就别抽了,抽树叶子不是受罪吗?"王师长哼了声："连树叶子都没得抽才是受罪呢。老弟,跟你说,我早就想好了,以后革命胜利了,我就去管理一家烟厂,一吸气就是烟味,嘿,那才叫过瘾!"参谋长："把家也安烟厂里?哪个女人愿意跟你这个老烟鬼成家呀。"

王师长："你可别小瞧我的魅力,说不定有人一直在悄悄给我绣烟荷包呢,到时候把我约到小河边,情歌一唱,烟荷包一送,我把她的小手一拉,就成啦!"参谋长："师部和苏维埃政府里的女同志没有你说的会绣烟荷包送给你的,除非是娘子军里的女同志。"王师长："娘子军?跟娘子军联络的人回来没有?"参谋长："是小庞去的,已经回来两天了,没有联络上,我捉摸会不会是娘子军已经被打散?"

王师长："你这个参谋长对自己的下属没有一点基本的认识,敌人到处散布常青同志被杀害的消息是要干什么?一是炫耀他们的所谓胜利战果,另一个原因就是吓唬娘子军的女孩子们。娘子军要不存在了,敌人还吓唬她们干吗?"参谋长："王师长分析得对。"王师长："这么多天,几乎所有分散撤进密林的部队都有消息了,就是娘子军不见踪影,我估计琼花这个鬼精灵很可能说服连长用了大隐隐于市的策略,越过敌人的封锁线,进入了敌后。"参谋长："对于她们这样的小股部队,还真不失为上策。"王师长："把阿牛叫来,他对椰林镇熟悉,让他去找娘子军,正好他老婆也是娘子军的战士,这个时候需要互相鼓励一下。"

参谋长喊着:"阿牛!"阿牛从大树后转了出来:"到。"参谋长:"给你安排个好差事,找老婆。"阿牛:"报告参谋长,我已经有老婆了,不用找。"王师长:"笨蛋,就是让你去找你有的老婆。"

连长躺在竹排上。她脸上是痛苦的表情,两手抓住竹篱笆,牙齿紧紧咬住嘴唇。二嫂跪边上,给连长擦着流淌下来的汗水。琼花冲了进来:"二嫂,连长怎么啦?"二嫂:"都疼昏过去两次了。"琼花坐到连长身边,认真看了看她腿上的伤口。二嫂:"全化脓了,再不治,这腿……"琼花点点头:"得把子弹取出来。"二嫂:"取子弹要大夫呀。"琼花:"只有镇子上才有大夫。"二嫂:"请不来他们,一听给红军伤员挖子弹,吓也把他们吓得半死了。"琼花的眼睛眯了一下:"那就去抢一个大夫来!"连长慢慢睁开了眼睛,喃喃地:"琼花,不行,不要为了我一个人去冒险,我还坚持得……"她又昏了过去。二嫂连忙给连长喂水。连长的嘴紧闭,水都洒在她的胸脯上。琼花站起来,坚决地:"必须抢一个医生来!"

椰树下,二嫂抱着一只大黄狗,在它的尾巴下摆弄着。大黄狗很配合。不远处一个哨兵伸出头来:"二嫂,你干什么呢?"二嫂一阵惊惶,松开了狗,大黄狗蹿了出去。二嫂震惊了一下:"不知哪跑来的野狗,我想杀了它熬汤,给连长补一下。"哨兵:"不准生火,熬什么汤。"二嫂:"是啊,我也想起这个命令了,只好放了狗。"哨兵:"你可得把连长伺候好了,连长要是有个好歹,你的罪过就大了。"二嫂:"琼花把医生抢来就好了。"

南府门口两个团丁站在门前,大黄狗跑了过来,一下跃进门去。一个团丁连忙端起枪。另一团丁制止:"你不认识,这是南爷看家护院的狗。"

南霸天坐在藤椅上,哑巴丫环给他捶着腿。老四欣喜若狂地牵着大黄狗冲了进来:"南爷,二嫂传消息……"说完从狗尾巴下拿出一个小竹筒,倒出一张纸片。他说:"这是二嫂传回来的。"南霸天急不可耐地把纸片抢到手里,认真看着。老四:"二嫂那娘们写了什么?"南霸天一拍桌子:"吴琼花,这次你插翅难逃了!"老四:"有吴琼花的消息?二嫂还真办大事了。"

南霸天："一个母亲为了能够让自己的孩子活下去，什么事都敢干，哪怕是出卖良心和肉体！"老四："还捎带着出卖亲人。"南霸天："母亲真是伟大，也真是可怜。"哑巴丫环面无表情，机械地给南霸天捶着腿。

椰林中，红莲穿着便衣，戴着斗笠，慢慢走着。琼花从树后闪出。红莲："琼花，还有什么事吩咐吗？"琼花："红莲姐，你这次进村，多搞些棉花和干净的布。"红莲："我知道，是为了给连长做手术。"琼花："你把东西搞到手后，尽快返回，我们万一失手，就会立即转移，我不希望你跟我们走散了。"红莲点点头。

营部，胡营长和南霸天相对而坐。老四和副官站在一边。胡营长："南兄，我这次是先回来一个连，算是大部队撤离的先头，还有两个连的弟兄再清剿一段时间，也就回防椰林镇来了。"南霸天："可是总座认为共匪已经被剿灭干净？"胡营长："纵有残渣余孽，也元气大伤，兴不起风作不起浪了。"南霸天遗憾地："不能彻底铲除共匪，岂不是有前功尽弃之嫌疑？"

胡营长："南兄，跟你说实话吧，一个多月了，共匪从不正面阻击我军的进攻，一伙伙像田鼠一样地遁了。总座的两万人马在五指山上一天就要几万斤粮食，几千块大洋，耗不起呀。"南霸天悲哀地："一旦给共匪喘息之机，后果难料啊。"胡营长："总座绝不会给共匪东山再起的机会，两万弟兄正在进行最后的围剿。"南霸天把一张纸片往桌上一拍："我现在正有围剿共匪残余之战机，胡老弟是否让南某孤军作战？"胡营长："什么战机？"

南霸天："吴琼花今天晚上要带一个班的女人到椰林镇外绑架医生，给重伤员动手术，另外还有一个女人要去红云村，给寄放在那里的孩子喂奶。"胡营长："情报来源可靠？"老四："绝对可靠，我们有人打进共匪里去了。"胡营长往后一仰："既然打进共匪，为何不直接打到共匪驻地，不是一下就可以把她们一网打尽吗？"

南霸天："胡老弟有所不知，共匪已成惊弓之鸟，稍有风吹草动，就会溜之大吉。密报一个驻地，等我们突袭之时，可能已是人去楼空。而依目前所得情报，我们派出一批人马埋伏在吴琼花必经之路，定可将其活捉，另一批人马则无声无息地跟在给孩子喂完奶返回驻地之女共匪身后，不就摸到共匪最新驻地，全部歼灭之了吗？"胡营长点点头："好，南兄果然布置周密，滴水不漏。我虽然只带回一连人马，但可全部配合南兄。副官。"副官："到。"胡营长："让弟兄们赶快吃饭，配合南爷的紧急行动。"副官："是。"南霸天："老四，把胡营长的弟兄都带到椰林镇大酒楼，好好开上12桌，都记在南府的账上。"胡营长："让南兄破费了。"

　　农妇打扮的红莲不引人注目地走到了村口，她蹲下挽裤腿，趁机观察了一下四周。团丁和士兵跑步而来。老四和一个军官指挥着手下隐蔽到路边的草丛和树林中。老四喊叫着："没有我的命令不许开枪，争取全抓活的！"

　　红莲抱着孩子，坐在屋前，孩子的脸沐浴在夕阳中。婆婆抱着一堆棉花和布片走进院门，随手关上。红莲小声地："我要的东西弄到了？"婆婆点点头，但马上紧张地说："红莲，我看见院后的竹林里有团丁躲在那里，不知要干什么？"红莲一惊："你没看错？"婆婆："他们是邻村炮楼的，经常来村里要这要那，名说是借，其实是抢。几张狗脸烧成灰也能认出来。"红莲连忙把孩子塞给婆婆，走进屋里。

　　红莲顺着梯子爬上了阁楼，她小心翼翼地揭开几片瓦，悄悄伸出头去观察。后面的竹林中，果然有拿枪的团丁在晃动，还有人冲这面指指点点。红莲迅速把脑袋缩了回来，从梯子上滑了下来。婆婆抱着孩子问："是他们吧？"红莲点点头："肯定是。婆婆，村里有没有人知道我的孩子放在这里了？"婆婆："有人知道我捡了个孩子，没人知道是你的。"红莲把孩子从婆婆手中接过来，背到了背上。婆婆惊讶地："红莲，你、你要把孩子带走？"

　　红莲："婆婆，我必须马上离开这里。明摆着敌人是来抓我的，而且很可能也知道这孩子是我的，要不把孩子带走，会连累婆婆，敌人要是发起狠毒来，会对孩子下手。"婆婆骂着："这些狼心狗肺的东西。"红莲："原来和邻居家通着的那个墙洞堵上了吗？"婆婆："用稻草堵的，搬开就行了。"红莲："婆婆，我走了，以后红军一定会报答您老人家的。"婆婆："报答用不着，你带着阿牛和这孩子来给我养老就行了。"

　　红莲背着竹篓，抱着孩子从墙洞中钻出来。那边露出婆婆的脸："这几家的院墙都有这样的洞，是当年防老四那帮土匪凿的，你到了王伯家，那里的墙洞正连着甘蔗地，进了甘蔗地，你想往哪跑就往哪跑。"红莲点点头，快步向对面的墙洞走去。

　　琼花带领着一个班的女战士行进在土路上。

　　甘蔗地里，红莲长长地出了一口气。她低头看看怀里的孩子，摸了摸她的小脸。草丛中，团丁和士兵们潜伏着，步枪和机关枪的枪口不时晃动。红莲从甘蔗地里走了出来，她踏着田埂，向前面的土坡走去。

　　女战士们行进着。琼花布置："咱们天黑前到达万泉河边，隐蔽起来，等到夜深人静时动手。"

　　红莲走上土坡来，向前瞭望。猛然，她愣住了。夕阳的余晖中，许多枪口反射着光亮。她蹲下去，仔细观察。穿黑衣服的团丁和穿黄军装的士兵面向土路，背朝她。

　　土路的尽头，琼花的身影在闪动。红莲惊惶地一屁股坐在了地上。

第八章

夕阳有些惨淡，不远处有一只水牛在低头吃草。红莲看着草丛中敌人的背影，再看看毫无察觉的琼花等人，慢慢地从腰里拔出了盒子枪。她靠在一棵小树的后面，瞄准了一下，扣动了扳机。枪声中，一个军官倒了下去。埋伏的敌人惊恐地转回身，喊叫着："二排长中弹了！""我们被共匪给埋伏了！""她们从后面上来的！""快开火呀！"草丛中人影晃动。

听见枪声，琼花愣了一下，连忙一挥手，几个人机敏地躲进路边的树林中。琼花躲在一棵树干后面观察着。敌人纷纷开枪向土坡上射击。没有人再注意土路。一个女战士低声叫着："琼花姐，前面拐弯的地方埋伏着不少敌人。"另一个女战士："有人开枪向我们报警。"琼花点点头："一定是红莲姐报的警，行动取消，快撤！"女战士们迅速消失在树林中。

红莲提枪跑下土坡，孩子在她的怀里大声啼哭着。子弹打断她身边的草叶和树枝，水牛中弹了，哀号着倒了下去。

老四挥舞着双枪，破口大骂："他奶奶的，都是那个抱孩子的娘们坏了大事。跑了吴琼花，就拿她是问。弟兄们，给我追，要活的！"团丁和士兵从草丛中站起来追击。一个团丁问："四爷，是不是大的小的都要活的？"老四："废话！死的给你当肉卖呀？"

田埂两边是绿油油的秧苗。红莲一边奔跑，一边回头开上一枪。敌人的子弹在空中和她脚跟边滑过。她摔了一个跟斗，趴到水田中。孩子哭得更厉害了。她摘下背篓，把孩子背到背上，向另一边的山岗上跑去。

背篓倒下，里面有棉花、红薯。天边一片火烧云，林木稀疏。红莲在树丛中奔跑着。

追踪而来的敌人呼喊着："投降吧，我们优待女俘虏！""你背着孩子跑不了多远！""你把我们带到共匪的驻地去也是将功赎罪了！""我们奖励你十个老公！"一颗子弹钻进了一个士兵的嘴中，他的嘴巴张得大大的，喷出满满一口鲜血，仰面朝天摔倒下去。边上的敌人都趴下来。老四骂着："你们这些怂包，她没几颗子弹，起来追！"他给了一个团丁一脚。

小路岔开了。红莲往左边看看，又往右边看看。她犹豫着。她回头开了两枪，毅然向右边跑去。

琼花等人快速行走着。枪声渐渐远去。二妹："敌人好像没有追咱们。"阿花："一定是红莲姐把敌人给引走了。"琼花命令着："二妹，你和阿花一块去接应一下红莲，注意，返回的时候千万不能让敌人发现我们的驻地。"二妹："是。"夕阳已经沉入天边的山后，天色阴暗了。山岗上，红莲把啼哭的孩子从后背移到胸前，靠到一棵树后，解开衣襟，给孩子喂奶。孩子顿时不哭了。敌人的喊声又近。红莲继续奔跑。她一边奔跑，一边开枪。孩子在她怀里颠簸着，拼命吸食着乳房。子弹在她头顶飞过。孩子的嘴颠离了乳头，立刻大哭。红莲把乳头再塞进孩子的嘴里。

敌人围拢上来。老四冷笑着："弟兄们，前面是悬崖峭壁，她跑不了啦，一定要抓活的！"敌人狂呼着："抓活的！"红莲躲到树后，她看看已经吃饱睡着了的孩子，把她从布包中抱出来，放在树根处，用树叶盖上。她顺手捡起一块朽木，塞进胸前的布包中。有敌人冲上来，红莲一枪打倒那个敌人。她拔腿向山梁尽头跑去，有意让脚上的草鞋掉下来。

悬崖前面是断壁和深深的沟谷，后面是步步逼近的敌人。红莲回头开枪，没有子弹射出，她把枪扔下深谷。敌人喊叫着："她没子弹了，上，抓活的！"红莲解下胸前的布包，高高举起，大叫着："我们娘俩生是革命的人，死是革命的鬼，绝不会落到你们这些千刀万剐的混蛋手里！"老四喊着："别、别，你不想活，孩子可不想死……为了孩子，你这个当妈的可不能这么狠心啊！"

红莲大叫一声："阿牛，给你老婆报仇啊！"她纵身跳下了深谷。敌人都呆住了。

椰林中，娘子军战士已经集合，二嫂和一个女战士站在担架边，连长躺在担架上。琼花焦虑不安地走动着，不时掏出怀表看看。岗哨叫着："琼花姐，阿花她们回来了。"琼花急急迎了上去，两个女战士气喘吁吁地来到琼花面前。阿花："连长，党代表，红莲姐她……"琼花："红莲怎么啦？"阿花流着眼泪："她把敌人引到另一个方向，那里是悬崖峭壁，她、她举着孩子跳悬崖了……"琼花呆住了。有女战士哭起来："我们的小娘子军啊……"

连长命令："马上撤离，敌人随时会包围这个地方！"女战士们正要出发。琼花突然一抬手："等一下。"连长衰弱地："琼花……你要干什么？"琼花:"我要去找回红莲的孩子,我们的小娘子军!"周围的女战士惊讶地看着琼花。

连长:"琼花,你昏头了?侦察员报告,红莲已经和孩子同归于尽了。"琼花坚定地摇摇头:"连长,我了解红莲。我相信,红莲无论在任何情况下,都不会动手杀死自己的孩子。她一定会把孩子藏在什么地方,她相信我们会去寻找到她的孩子,并把她养育成人。"二嫂叫起来:"是,是,琼花说得对,没有一个当妈的肯看着孩子被杀死。"

连长声音更低了:"可敌人……我们要被包围了,整个娘子军就……我们不能为了一个小娘子军就让几十个战士……"琼花:"连长,敌人要是真发现了我们这个营地,即使马上出动,最快也要两个小时才能赶到,我带几个战士去找孩子,假如一个小时还找不到,就立刻赶回来转移!"连长:"这还是太冒险了。"琼花:"连长,红莲是为了向我们报警才牺牲的,我们要是不把她的孩子找到,孩子有个什么好歹,她会死不瞑目啊!"阿花:"是啊,我们也会一辈子睡不了舒服觉。"连长闭上眼睛,用微弱的声音说:"好,一个小时。"

琼花和四个女战士在山坡搜寻着,一个女战士负责警戒。琼花:"注意树根下,我和红莲姐小时候玩游戏,她经常把东西藏在树根下,用树叶盖起来。"

南霸天来回踱着步,两个丫环捧着茶壶和水烟袋站在一边。老四一声不吭地缩在门口。南霸天抓过茶壶,喝了一口茶,猛然把茶壶摔在地上。老四惊恐地:"南爷,息怒。"南霸天:"老四,我问你。"老四:"南爷请问。"南霸天:"你说吴琼花现在在什么地方?"老四:"躲到深山老林野兽出没的地方去了。"南霸天冷笑一声:"错矣。吴琼花应该已经躲到椰林镇附近了。"老四:"她有这么大的胆?"

南霸天:"共匪娘子军里有不少是椰林镇人,那个投崖自尽的女人不就是红云村的吗?这些女人很聪明,知道大隐隐于市的绝妙,既相对安全,又不会被饿死困死，所以，她们就在方圆二十里之内。"老四："南爷的意思？"南霸天："立刻集合团丁，通报胡营长，让他再配合行动一次。"老四："是。"南霸天："牵上那条大黄狗，它应该能够知道大概方位。"

月光皎洁。琼花和女战士还在寻找孩子。阿花："这里有红莲手枪打出的子弹壳。"二妹："这双草鞋好像是红莲姐的。"琼花："我看看。"二妹把草鞋递给琼花。琼花接过草鞋，肯定地："这草鞋是红莲姐特意留下的线索，孩子应该就在附近了。"

万泉河边，一排火把在闪耀。举着火把的是团丁和士兵。老四和一个军官骑着马。军官："跑步前进！"

椰林中，娘子军战士整装待发。连长躺在担架上，闭着眼睛。排长小声地："连长，已经一个小时了，琼花还没有回来，是不是马上转移？"连长没有睁眼，沉默了一下："再等五分钟。"

大树下，二妹惊喜地："琼花姐……这……"琼花一个箭步冲了过来。一堆树叶中，一只小手伸了出来。琼花立刻拨开树叶，还在熟睡的孩子安宁地躺在那里，小脸上似乎有微笑。琼花伸手把孩子抱到了怀里，两行眼泪夺眶而出。

哨兵跑来："报告连长，大约在五里路外，有成片的火把，估计是敌人。"排长："五里路，不要半个小时就能赶到，连长，下命令马上转移吧。"连长："再等最后三分钟！"排长："连长，太危险了！"哨兵叫起来："党代表回来了。"

琼花气喘吁吁地来到连长面前："连长，你看，孩子找到了！"她兴奋地把孩子抱给连长看。连长还是没有睁开眼睛："立刻转移！"

娘子军战士们从洞口小心翼翼地走进石洞。黎族老猎户举着火把对琼花说："王师长还没找到，结果发现这么个石洞，隐蔽在这里面，防风又防雨，烧火做饭也没问题了，有好几个小洞口可以散烟。"琼花观察了一下，担忧地问："要是洞口被敌人发现，给封锁了，我们不就成了敌人的瓮中之鳖吗？"

老猎户笑笑，指指隐秘处一个小洞口："我可不敢把你们这些女孩子让敌人给瓮中捉鳖了，看见那里了吧，爬二十几丈远，出去就是一条河，平时洞口被水淹着，谁也发现不了，这下放心了吧。"琼花点点头："太好了。"老猎户："千万别钻错了，有几个小洞是死的，没路。"琼花："错不了。老伯，你也在这里休息两天吧。"老猎户："我一天不在山上和树林子里转转，就难受。我出去弄点吃的来吧。"说完，他转身就往洞口走去。

琼花大声地："全连注意，每个班找一个角落安排床铺，岗哨除了洞口，一里外再设一个在树上，可以观察得远些。二班再派出两个同志进山去寻找师部，三班同样派出两个同志化装去找粮食和药品。"连长艰难地呼唤着："琼花……"琼花连忙来到连长身边，抓住连长的手："连长，你说。"连长忍受着疼痛："琼花，我、我同意派人找师部，但、但再不能让、让战士们冒、冒险去找药了，琼花，不能、不能再让战士为我牺牲了……"琼花："连长，几十个人要吃东西呀。"连长："就近找点粮食就行了，找医生找药品都要到乡镇上，琼花，真的太危险了。"琼花："好，先解决吃的问题。"

祖祠工程已全部完工。南霸天站在院子内看着祖祠，感慨之极。他捧着母亲的牌位，自言自语："母亲大人，我一定要活捉吴琼花，用她的脑袋来祭祀你老人家。老四。"站在边上的老四应了声："南爷。"南霸天："给我四处贴榜，捉拿吴琼花！"老四："有没有奖赏？"南霸天："当然有，活捉者奖赏大洋三千，不，五千，打死者奖赏大洋三千，告密者奖赏大洋一千！"老四："是！"

南霸天："那个二嫂有没有消息传来？"老四摇摇头："那天夜里我们突袭共匪营地，扑空之后，她就和共匪一起没有了踪迹。"南霸天颇为自信地："她还会送消息来的，她的两个孩子和婆婆的生死还掌握在咱们的手中。"老四："这两天，大黄狗都是一早就撒出去，大黄狗知道她的味。"南霸天点点头："让各村的炮楼里也派出便衣，四处搜寻，我敢肯定，这些女共匪还是没有进山，就躲在我椰林镇周围！"老四："南爷，我马上去安排。"他跑了出去。

南霸天虔诚地走进祖祠。

石洞里，一堆篝火燃烧着。女战士们大都躺在干树叶上睡去了。琼花坐在连长身边，给连长擦拭着伤口上的脓血。连长紧紧咬住嘴唇，脸上是痛苦的神情。琼花用布条给她包扎伤口，小声说："连长，伤口很严重了，几天之内要是还得不到有效治疗，那……"连长虚弱地："琼花，我心里清楚我的伤势，不过，更严重的是咱们的队伍里恐怕出了奸细。"

琼花四周看了一下，声音更低了："连长，你有什么证据吗？"连长："南霸天怎么能那么准确地得知你去抢医生的时间和路线？敌人不是盲目地设卡检查，而是埋伏在你的必经之路，等你落网。"琼花拿出一张草纸，递给连长。连长借着火光，看到草纸上画着一个女人和一条狗，女人的脸上点了一颗痣，身上打了一个叉。

琼花："这是南府里哑巴丫环让黎族老猎户交给我的。"连长："二嫂脸上长着一颗痣。"琼花："是她！"连长："发现她有什么可疑的行为吗？"琼花："有女战士站岗时，发现她曾经抱着一条大黄狗，她说是野狗，可女战士看，一点不像是野狗。我知道南霸天家里有这么一条大黄狗，咱们偷袭南府时，这狗差点咬了叶容一口。"连长捶了一下地："该死的！"

二嫂悄悄出了石洞洞口，她观察了一下，没有看见哨兵，立刻向黑暗的密林中大步跑去。一个枪口对准了她的胸脯。女战士低沉的声音："二嫂，干什么去？"二嫂惊惶地："我、我肚子疼，憋、憋不住了，要、要拉屎。"女战士："你有什么屎，到连长和临时党代表那里去拉吧。"二嫂："我……我……"

篝火边，一个女战士往里面添了两根木柴。连长坐起来些，背后垫着稻草。琼花站在一边，背冲着篝火，似乎在沉思什么。一个女战士靠在石壁上摆弄着刺刀。二嫂被岗哨带了过来，她不安地看着周围的人们，两腿一软，跪了下去。

连长阴沉地问："二嫂，你要去干什么？"二嫂："我、我拉肚子……"琼花突然转过身，盯住二嫂："你大声跟所有还活着的人说，你到底要去干什么！"躺着的女战士们一个个坐了起来或站了起来，每个人的目光都充满了仇恨和鄙视。摆弄刺刀的女战士开始在石头上磨刀。二嫂猛然号陶大哭起来。她不停地磕头，直到把脑门磕得鲜血淋漓。琼花吼了一声："别磕了！"二嫂抽泣着："我该死，我不是人，我是畜生，我对不起红莲，对不起娘子军，对不起革命，我混蛋，我没办法，我……实在受不了……"

连长："你给我老实交代！"她说话的力气大了，牵动了伤口，疼得抽搐了一下。琼花紧皱眉头："说清楚点！"女战士围拢过来，用目光逼视着二嫂。二嫂继续哭着："南、南霸天把我和两、两个孩子，还有我婆婆抓起来，要把我的两个孩子扔、扔进毒蛇坑，把我婆婆扔进蝎子坑……我老公冤死了，留下了两个孩子和老母亲，我不能让两个孩子和他的老母亲也惨死，那我下辈子投胎只能当猪狗……"一个女战士狠狠地踢了她一脚，骂着："你现在就是猪狗！"二嫂："我知道我这辈子是连猪狗都不如了，可我还要活下辈子，我下辈子一定要好好当个人……"

琼花："别废话，全都交代出来！"二嫂："我、我答应南霸天，不，不，南霸天答应我不杀两个孩子和婆婆，让我找到你们，说服你们放下武器，回家去种地，他保证不难为大家。我就一个人漫山遍野地找啊找，终于找到了你们。可我不敢跟你们说放下武器的事，就写了张小纸条，告诉南霸天琼花要去抢医生和红莲去喂孩子，我以为他们真的不杀……谁想到他们把红莲给逼死了呀！"琼花："情报怎么给南霸天送去的？"二嫂说得痛快起来："南霸天家有条大黄狗，他让我和那条狗一起待了三天，那狗就认我了，南霸天大概天天把狗放出镇子来，我只要找个狗可能去的地方撒泡尿，就能把狗引来。"

连长一挥手："够了，拉出去执行死刑！"二嫂反倒不哭泣了，抬起头："连长，琼花，姐妹们，我知道我犯的是死罪，我不委屈，不恨你们，我只想求你们一件事，以后打下椰林镇，把我的两个孩子和婆婆从南霸天手里解救出来，我不能让我老公绝了后啊，不能给老公传宗接代，这才是咱们海南女人做老婆最大的罪过！"两个女战士上来架起二嫂，要往外拖。琼花拦住了："让她活着。"连长瞪大了眼睛。周围的女战士也不解地看着琼花。

琼花看着二嫂："二嫂，你知道我为什么让你活着吗？"二嫂："我、我老公是让自己人杀的，你最反对自己人杀自己人，你不能让我也被自己人给杀了。"琼花："从你给南霸天当奸细那天起，你已经不是自己人了，你已经给你老公把脸全丢光了！"二嫂趴到地上，又大哭起来："老公啊，我对不起你呀……我没脸活着啦，琼花，你看在我老公的份上，让我死得痛快点吧……"琼花："你好好想想你老公吧，也好好想想我们为什么不杀你。二妹，把她押到那边的小洞里，绑在石头上，严加看守。"一个女战士把二嫂押走。

琼花长长地出了口气，坐到连长身边："连长，杀了二嫂确实能让我们暂时出口恶气，可让她活着，也许在不久的将来，我们就能利用她干南霸天一下。"连长："你有什么好主意了吗？"琼花摇摇头："现在还没有，但我感觉能用二嫂将计就计。"连长点点头，拉住琼花的手："琼花，现在把娘子军都交给你，我已经可以放心了，对常青同志我也算有了个交代。"琼花："连长，指挥打仗还是得靠你。"连长猛地捶了一下腿上的伤口："我这腿呀……"她痛苦地呻吟了一声，闭上了眼睛。

夕阳的余晖洒在大地上。琼花坐在一块石头上，又捧着怀表在凝视。不远处有哨兵警惕着观察着。突然有女战士来到琼花身后："琼花姐，连长又昏过去了。"琼花马上站起来。

连长躺在稻草和树叶上。边上的篝火上烧着一盆水。琼花俯身看看连长的伤口，低沉地："全烂了，长了蛆，必须把子弹挖出来，用老百姓的跌打损伤药才管用，子弹有毒。"女战士："可没医生，也没条件。"琼花："没医生，没条件也得干，取出伤口的子弹，还可能挽救连长的生命，否则……"她叹了口气，摇摇头。连长突然睁开了眼睛，有气无力地："琼花，你来了正好，琼花，工作上的事我早就交代过了，我有一个私人的事，你一定帮我……"琼花："你说。"

婴儿忽然大哭起来。连长烦躁地："又哭，又哭……"琼花挥了下手，示意女战士把孩子抱出去。婴儿的啼哭声出了洞口。连长颤抖着摸出烟荷包："琼花，把这个烟荷包交给……这是我绣了六次，拆了五次才……"琼花："连长，交给谁？"连长："交给……"琼花没有接，而是推回去："连长，不管你要交给谁,这我可不能代劳。一定要留着你自己亲自交给他。"

连长:"我不知道能不能挺过这关呀,不知道能不能再见到他,还不知道他会不会收下这烟荷包……"琼花:"肯定会收下,你心爱的人,他一定也会喜欢你的。"连长欣喜地:"真的?"她又昏了过去。琼花果断地:"马上给连长取出子弹。"女战士为难地:"怎么取呀?"琼花:"我见过医生给我取子弹,听我的。先用热水把连长的伤口洗干净了,把剪刀在火上烧一下,消毒,看我的了。"

石洞外,女战士抱着婴儿,把一根小草放在婴儿嘴中。婴儿吸着小草,小脸沐浴在夕阳中。石洞里骤然传出连长的惨叫声。婴儿吐出小草,又大声啼哭起来。琼花满头大汗,她擦了一下,把一颗子弹捏起来,看了一眼,扔到了地上。连长又睁开了眼睛。琼花:"连长,子弹取出来了。"连长用几乎听不到的声音说:"孩子呢?怎么听不到她哭?"琼花:"怕你烦,抱到外面去了。"连长:"谁说我烦,让我看看孩子,我真想以后也有一个自己的孩子……"琼花:"我去抱来给你看。"她向洞外跑去。

石洞外,女战士正把一个野芭蕉放到孩子的嘴中。琼花跑过来,从女战士手中接过孩子。琼花抱着孩子来到连长面前。连长已经闭上了眼睛。

琼花抱着孩子,大声呼喊:"连长,连长!"孩子由于惊吓,更大声地啼哭着。一群女战士趴在连长身边,哭泣着:"连长,你可不能离开我们呀!你对我们再严厉,再刻板都没关系,你睁开眼……""连长,连长,你醒醒!""连长,你不能就这么走了呀……"连长慢慢睁开了眼睛,琼花长长地出了一口气。连长喃喃地:"孩子……"她艰难地伸出了双手。

琼花连忙把婴儿递给连长。连长抱住孩子,有点生硬地亲着。孩子哇哇大哭。连长突然解开了衣襟,扯下了束胸的布条。她把孩子搂到了裸露的胸脯上。孩子寻找着什么,当小嘴触碰到了乳头之时,立刻紧紧地叼住,哭声顿时停止。

连长苍白的脸上露出了一丝笑容。围拢着的女战士小声地:"连长笑了。""我第一次看见连长笑。"

王师长坐在一块石头上，烤着木薯。参谋长把军用地图摊在一边，说："各方面的情报已经汇总来了。"王师长："看我估计得对不对，敌人也熬不住了。他们受不了这深山老林里没吃没喝挨蚊子毒虫咬的苦啊。"参谋长："师长判断得太对了，五指山东部还有敌人两个团的兵力，分布在这几个村庄。"他指了地图上的几个地方。王师长："这里原来是四个团，还剩下两个，不是自然减员就是已经撤走了。"参谋长："北部原来是一个旅，现在只剩下一个团和一个炮营。南部有两个加强营和一个重机枪连。"王师长："那就是说，不到一万人了。"参谋长："从我们侦察员抓的俘虏口中得知，敌人认为苏区已经完了，红军彻底崩溃了。"王师长："其实是敌人被我们给拖垮了。命令所有的战斗部队，加大骚扰敌人的次数和力度，但不能正面作战，打几枪就往无人地区溜，让敌人睡不好，吃不香，到处追，又什么也追不到，老弟，用不了一个月，他们就得全面撤走。"

　　门外有人喊："报告！"参谋长："进来。"门开了，男战士把两个蒙住眼睛的女战士押了进来。参谋长："是俘虏吗？"男战士："她们说是娘子军的，吵着要见王师长。"王师长一下子站了起来，吼着："是我的娘子军？你们怎么敢这么对待我的娘子军战士！快，松绑，摘了那块破布片子！"男战士嘟哝着："我们怕她们是奸细，这一段时间，斗争太残酷了！"说着，他给女战士松了绑，拿下眼睛上的布。

　　两个女战士揉揉眼睛，看清了王师长，顿时号陶大哭起来。王师长站起来，吼了一声："你们是不是我的娘子军战士？知道我对你们的第一个要求是什么吗？"一个女战士停止了哭泣，一个立正："娘子军四班班长回答王师长的问题，王师长对娘子军女战士的第一个要求是在任何情况下都不哭！"说完，她哭得更厉害了。参谋长："你怎么越哭越厉害了？"

　　女战士抽噎着："我们找你们找得好苦啊……娘子军、娘子军……"参谋长关切地："娘子军怎么样了？"王师长拍拍女战士的肩膀："你只要告诉我娘子军还在，我批准你哭上一天一夜，不，三天三夜。"女战士："我们牺牲了三十多个姐妹，党代表也……"另一个女战士终于抑制住抽泣："报告王师长，娘子军还有连长、三个排长和六十八名战士，还能继续战斗！"

参谋长："太好了，完全出乎我意料。"王师长拉住两个女战士的手，低沉地："你们受苦了。"参谋长冲门外叫着："小庞，搞点吃的来。"王师长："对，对，按我以前接待常青老弟的标准，搞最好的东西来，她们终于回到家了！"

一个蒙面男人被哨兵押来。洞口处的岗哨问："是不是奸细？"蒙面男人喊着："什么奸细！我是阿牛。"岗哨："阿牛？"阿牛："就是红莲的老公，你们娘子军打的第一仗就是我带着去的，木桥都是我锯断的。"哨兵严厉地："别废话，谁知道你是不是已经叛变了。"阿牛："我叛变？刺刀顶我胸脯上我眼都不会眨，快带我去见你们连长，我有重要情报。"哨兵："交给你了。"岗哨低声地："侦察一下他后面有没有尾巴。"哨兵："二妹已经侦察去了。"蒙面男人被岗哨带到了琼花面前。连长在不远处躺着。蒙面男人还在不停地叨唠："我是阿牛，你们肯定是后来参军的，叫红莲和琼花来，我们是一个村的……"

琼花示意岗哨摘下阿牛的面罩，岗哨扯下阿牛头上的布。阿牛看见了琼花，惊喜地："琼花，我可找到你们了！"他要上前来握手。岗哨的刺刀对准了他："站在那，别动！"阿牛委屈地："我是阿牛呀，师部警卫连副排长。琼花，你可不要误会，红莲呢？你把红莲叫来。"琼花面无表情地："你怎么找到这里来的？"

阿牛："我找了大半个五指山，要不是哨兵把我给抓起来，我再找三个月也找不到你们，你们隐蔽得够严密了。"琼花："主力部队呢？"阿牛："跟你们一样，都分散隐蔽，跟敌人周旋。"连长开口了："王师长呢？"阿牛："这次师部的人一点没受损失，王师长好着呢，就是没烟抽，只好抽树叶子。他一直惦记着你们，派出几拨人和你们联络都没联络上，就又专门派我来寻找你们的。"他把草鞋脱下来，从里面取出一封信，递给琼花。琼花接了过来，交给连长。连长看了一眼，点点头："是王师长亲笔写的，他的字我认识。"琼花："连长，给同志们念念吧，大家太想得到上级对娘子军的关心了。"连长："好。"

琼花大声地："娘子军，集合！"女战士们纷纷从石洞的各个角落跑出来，很快，女战士站成了三排。阿牛用目光在女战士中搜寻着。琼花："报告连长，一排到齐。"二排长："报告连长，二排到齐。"三排长："报告连长，三排到齐。"连长想站起来，但刚动了一下，就痛苦地呻吟了一声。琼花忙说："连长，你不能动。"连长严肃地："二排长、三排长，把我架起来，我不能躺着向列队的战士们宣读上级的指示，除非我不是连长了。"二排长和三排长看了琼花一眼，琼花点点头。二排长和三排长把连长架了起来。连长艰难地读着信："娘子军连全体指战员，获悉常青同志被敌人杀害的消息，你们要化悲痛为力量，坚定不移地执行师部保存实力的指示，等待时机。见信后，望连长跟随阿牛，尽快到师部汇报情况。王。"

洞口处有响动，琼花警觉地掏出枪。两个穿便衣的女战士精神抖擞地跑过来："我们找到师部了！见到王师长了！"连长："王师长有什么指示？"穿便衣的女战士："王师长给你带来消炎药，让你好好养伤，命令琼花去师部汇报。"阿牛一把抓住了琼花："红莲呢？我老婆红莲呢？"正在欢欣鼓舞的女战士们一下子沉默了。琼花摆脱开阿牛的手，走到角落，抱起了在熟睡的婴儿，回到阿牛面前。阿牛："孩子？谁的孩子？"琼花："阿牛哥，你的。"阿牛："我的孩子？我有孩子了？她生的，她在哪？"琼花悲痛地："红莲姐为了掩护我和一个班的姐妹，把上百敌人引到悬崖，跳崖壮烈牺牲了。"

阿牛抱住孩子，悲愤地吼叫起来："南霸天——国民党反动派——不把你们杀光我就不算人！"孩子哇地大哭起来，琼花连忙接过孩子。阿牛一下子跪在了地上："红莲，老婆——"眼泪从他的脸上流淌下来。

大队的士兵行进在山路上。胡营长骑在马上，吩咐着："副官，向总座通报，说独立营所属二、三连结束围剿，正按总座指令，撤防椰林镇。"副官："是。"胡营长："友邻部队是不是也正在退出五指山区？"副官点点头："全部驻守到交通要道和几个大的村庄了。"

胡营长："这一次清剿，对共匪给予重创，虽然未能彻底铲除，但我估计没个三年两载，他们是没有能力再兴风作浪了。"副官："起码再不敢下山来了。"胡营长："我们也该好好休整一段时间了。"

王师长和琼花面对面坐在一张小桌边。琼花："王师长，所有情况都汇报完了，我代表娘子军全体战士向师部提出两个要求。"王师长："请讲。"琼花："第一是尽快给我们派一个像常青同志那样优秀的党代表，第二是马上给我们派战斗任务。"王师长："对，这确实是娘子军急需解决的两个问题，不过……"琼花急切地："王师长，您可千万别让我们失望啊。"

王师长笑起来："我绝不会让你们这些受了这么多苦难的女孩子失望。好，先说第一个问题，像常青同志那样优秀的干部是从艰苦的斗争中磨炼出来的，而你，吴琼花同志，经受住了血与火的考验，主动站出来，担任党代表职务，配合连长做了大量的工作，尤其是在连长身负重伤之后，成为所有战士们的主心骨，能够让整个娘子军没有溃散，说明你已经是一个像常青同志那样优秀的干部了。"琼花："我还差得很远。"

王师长："现在我宣布，由吴琼花同志担任中国工农红军琼崖独立师娘子军连党代表。"琼花站了起来，给王师长庄重地敬了个礼。王师长拉住琼花的手："坐下吧。这点你比常青同志和你们连长表现得都好，痛痛快快接受组织上的任命安排。"

琼花："我要表现不好，请王师长随时把我撤了。"王师长："你看，刚表扬了你，你就说这种让人丧气的话。你为什么要表现不好？你要随时想着比常青同志表现得还好，这是组织上对你的要求，是战士们对你的要求，是革命对你的要求！"琼花又站起来："是。"

王师长："至于第二个问题，师部同样在考虑，关键还是得靠你们自己。现在的形势是这样的，我军以不到一千人的代价，让敌人损失了三千多，把两万多敌人拖得精疲力尽，进攻的势头不但已经没有了，而且开始撤兵。在深山老林里，他们扛不过我们，我们有共产主义信念，可以靠吃野菜野草野果生存，可以露宿在大树下、石洞里，他们不行。他们只能有三天五天的狂妄，一个月两个月下来，就只有撤退。"琼花："那我们趁他们撤退的时候狠狠地干他们一下。"

王师长："你看，你这不是给自己派战斗任务了吗？"琼花："我是说具体的。"王师长："现在部队都处于分散状态，不可能有集中的行动，我们也不能让敌人知道我们的主力部队并没有受到太大的损失，否则他们紧接着再来一次围剿我们就要遭受更大的损失，所以还是只能运用多头袭击的方式打击敌人，让敌人尝到苦头，但又觉得兴师动众再搞一次围剿又得不偿失。"

琼花："王师长，我明白了，有时候用一根小细针扎到敌人的要害处比用拳脚乱打乱踢一气还管用。"王师长一拍桌子："太对了，常青老弟真是好眼力，一下就相中了你这个干部苗子。我给娘子军的原则就是这样，找到能扎敌人一针的时候尽管扎上去，要有非常好的战机，一个娘子军连解决不了问题，我给你派友邻部队支援。"琼花点点头："王师长，我一定尽快找到一个这样的战机，我们全连的战士实在是需要打一次胜仗来鼓舞一下士气了。"

南府院子，十几盏电灯支在木架上。大圆桌上摆满美味佳肴，边上坐着南霸天、胡营长、王副镇长和一些乡绅。丫环们在侍候着。南霸天举杯站起来："今天的宴席首先是为庆贺胡老弟凯旋，各位，干杯。"人们都站起来，纷纷碰杯，一饮而尽。胡营长："铲除共匪，还要仰仗各位正义乡绅的鼎力支持，我代表所属国民革命军全体官兵回敬诸位父老。"众人干杯。

南霸天："今天南某还有一事郑重相告，南家祖祠几经挫折，终于最终落成，这也是平息共匪骚乱之成果，我要隆重举行盛大庆典，以昭示世人，只有在铲除共产主义之太平盛世，才能安稳生活。胡老弟已经正式通知南某，海口剿匪总司令大人胜利返回海口，途经椰林镇时，要亲自参加南某祖祠庆典，这不仅是南某之三生有幸，也是椰林镇父老乡亲的荣耀。"乡绅们纷纷抱拳奉承："南爷，这可是件大事啊。""南兄，南府将蓬荜生辉了。""南家是祖上有德啊。""南爷，我等一定奉上厚礼。"

南霸天："南某另有官职在身，庆典不能只是炫耀乡俗，也要展示国事，眼下之国事就是围剿五指山共匪大获全胜。在南家祖祠庆典上，要把被活捉之共匪拉出来示众，公开处决，一来祭祀祖先，二来大振军威。"一乡绅问："南爷不是说要抓住吴琼花才祭祖吗？"南霸天："确实如此，但总座要亲自出席，南某个人恩怨可以暂时放在一边，不过用吴琼花祭祀祖先是早晚之事，海南岛是绝不容共匪再横行了。"

哑巴丫环面无表情地给乡绅们倒酒。

王师长和参谋长在油灯下相对而坐，他们中间的小桌上摆着一副象棋。王师长走了一个棋子。参谋长："师长，可不许悔棋啦。"王师长："落子不悔。"参谋长："将军。"王师长："早看见了，上士，顶住。"参谋长："只好吃车了。"王师长："这是送给你吃，该我将你了。"参谋长："上象。"王师长："上不了，还一个车在下面等着呢。"参谋长："悔一步。"王师长："这要是打仗你可就没机会悔棋了。"

门外传来琼花的声音："报告。"王师长："是琼花吧，进来。"琼花推门进来。王师长："是不是到了安全环境里反倒睡不着了？"琼花："我有一个想法想向师长和参谋长汇报。"参谋长："来，坐下说。"琼花坐到一个木墩上："师长、参谋长，我一直觉得可以拿当了奸细的二嫂做点文章。"王师长："全说出来。"

琼花："上次二嫂向南霸天传递了情报，要不是红莲姐牺牲自己给我们报警，我们肯定逃不出南霸天的包围。这会使南霸天对二嫂的情报非常相信，我想来个将计就计。让二嫂再给南霸天传一次情报，说我带着十几个战士要去抢粮食，敌人就会出动一百人左右，只要王师长拿出一个连的主力部队和娘子军配合，我把地点安排好，给敌人来个反包围，速战速决，就能给敌人扎上一针。"

王师长看看参谋长。参谋长点点头："好主意。这样既可以扬娘子军之威，又让敌人感觉不出来我们的主力部队还在。"王师长："琼花，你不想找南霸天报仇了吗？"琼花："当然想，但现在还不是时候，他是只老狐狸，这种仗他不会亲自出马的。"王师长："想办法调他出来，这一针要扎狠一点，我可以把战斗力最强的警卫连拿出来配合娘子军。"琼花兴奋地站起来：

"那就请王师长和参谋长下命令！"

参谋长："王师长是激发你的战斗热情，打仗嘛，我们也不能一厢情愿，不管南霸天出来不出来，都要给敌人点颜色看看！让他们心里面明白，共产党和红军就像是五指山上的热带雨林，不可能被铲除。"王师长："十几个人抢粮食对南霸天肯定不够刺激，手到擒来的事嘛。琼花，你发出这样的情报，说娘子军在一个隐秘地点集结，准备返回五指山休整。这样敌人起码要出动两百人，南霸天也就有可能亲自出马了。"琼花："是！"

椰林中，二嫂背着背篓慢慢走着。她不时发出一种呼唤狗的怪异声音。黎族老猎户摆着几只野鸡在街上叫卖。哑巴丫环蹲到他面前，先是好奇地摆弄着野鸡的羽毛，后来咿咿呀呀地比画着什么。老猎户点头表示明白了。大黄狗来到了二嫂跟前。二嫂把一块肉喂给了大黄狗，然后掏出一个小竹筒，绑在了狗尾巴下面。她拍了狗一下。狗叼着肉跑去。二嫂直起身来。

琼花和两个女战士穿着便衣站在她边上。二嫂："琼花，我不说自己将功折罪，我的罪过用什么功也折不了，我就求你们千万想办法把我两个孩子和婆婆从南府救出来，我求求你们了！"琼花："你放心，那两个孩子也是赤卫队长的。他是革命烈士，我们绝不会让南霸天把革命烈士的孩子给杀害了！"

石洞里，娘子军战士们在擦拭着武器，几个男红军战士把子弹塞进弹夹里。篝火边，连长已经可以坐起来了。琼花走过来，坐在她的边上，说："连长，假情报传出去了。"连长："那你好好休息，再有两个小时就可以出发了。师部警卫连已经到达指定地点，这几个同志是给咱们送弹药来的。"琼花："这么多天一直在休息，现在用不着休息了。连长，你说，南霸天会亲自来捉拿我吗？"连长："我还是说不准。不过不管他来不来，反正都要。"

祖祠院内，大殿挂满了黄色的幔帐。供桌上是一排排燃烧的蜡烛，几个大香炉中香烟缭绕。南霸天站在门口，迎接着客人。胡营长喜笑颜开地走了进来。南霸天："胡老弟，把总座送走了？"胡营长："总座在椰林镇非常满意，命令我返回时特意叮嘱，对你的招待表示感谢，对你全力配合围剿表示嘉奖。"

南霸天："总座亲临南家祖祠参加庆典并给南某留下墨宝就是最大的嘉奖了，只是时间短暂，倒是南某未能伺候周全。"胡营长："总座行事原则是一切从简，更不愿骚扰乡里，所以只做短暂逗留，何况离开海口多日，有众多公务尚需回去处理。"南霸天："总座真乃廉洁奉公之楷模。"胡营长："南兄这三日庆典，该是收获颇丰吧？"南霸天："放心，庆典之后，必会犒劳全营弟兄。"

老四匆匆跑来："南爷，南爷，大喜！"南霸天："什么大喜？"老四晃着一张纸条："娘子军在后坡集结散兵游勇，要撤回五指山了。"南霸天一把抢过纸条，看罢，冷笑着："果然不出我所料，吴琼花就躲在椰林镇范围内，这次我看你还往哪逃？想回五指山，做梦！椰林镇是你的老家，你的亲人都埋在这里，你也留下来陪他们吧！"

胡营长："情报可靠？"老四："绝对可靠，上次打伏击就是这个娘们传出来的情报。"南霸天："二嫂是个聪明人，她知道我不抓住吴琼花是不会放了她两个孩子和婆婆的，红军杀了她丈夫，她没必要再为红军卖命。"胡营长："这次南兄要亲自出马了吧？"南霸天："要不是正在祖祠庆典，我肯定要亲手抓住吴琼花，可乡绅大户纷纷前来，南某不亲自迎接，有失礼节……"老四："南爷，您就等着老四把吴琼花抓来祭祖吧。"

胡营长："既然有大股红军活动，胡某身为军人，前去围剿也义不容辞了。"南霸天："胡营长能亲自出马，肯定马到成功，南某摆好酒席，等两位老弟凯旋。账房！"

账房先生过来："南爷。"南霸天："已收礼金有多少？"账房先生："大洋六千八百块。"南霸天："全部奖赏给胡营长手下的有功之臣。"

胡营长："老四，女共匪有多少兵力？"老四："情报上说是六十多人，就算再能集结点散兵游勇，也不会超过一百。"胡营长："副官。"副官："到。"胡营长："让二、三连的弟兄们紧急集合。"

南霸天："胡老弟，用不了这么多人马吧，老四手下还有百十个你训练出来的弟兄呢。"胡营长苦笑："南兄，说是两个连，可在五指山折腾这些日子，还能打仗的只剩下不到四个排了。"南霸天："两百多能征善战的勇士，对付百八十个苟延残喘的女人，是万无一失了，我为弟兄们温酒恭候。"

女战士们在列队集合。黎族老猎户在岗哨的带领下匆匆而来。琼花："阿伯，您怎么来了？"老猎户把琼花拉到连长身边，小声地："连长，琼花，哑巴丫环让我告诉你们，说南霸天的祖祠在搞庆典，要搞三天，最后一天要把被抓的四个女红军当众烧死。"琼花眯起了眼睛："祖祠？庆典？要烧死女红军？"老猎户："是。"

连长："南霸天搞庆典，那是不会亲自来抓琼花了。"琼花突然狠狠地捶了一下大腿："他不抓我，我去抓他！"连长："琼花，你不是冲动吧？"琼花摇摇头："不是。"连长："有什么好主意？"琼花："再打椰林镇，打他的祖祠！按王师长说的，扎狠一点。"连长："这针怎么扎？"琼花："请警卫连长来，一块研究打法。"

胡营长和老四骑马站在城门下，士兵和团丁排成四路纵队行进着。老四："弟兄们，南爷给咱们温着酒呢，天黑了就能回来欢庆胜利！"

石洞里，琼花、连长和男红军围在一起。琼花："除去驻守炮楼的团丁，镇子里应该还有不到两百团丁，而一个营的士兵能打仗的也不到两百，他们起码出动一半来包围我们，镇子里剩下的就不到两百人了，更关键的是这两百人毫无防备，南霸天也在祖祠迎来送往，我们又是集中优势突然袭击，打了就走，肯定可以取胜。"连长："关键是要拖住来包围我们的这股敌人，使他们来不及回去增援。"男红军："从石坡到镇上最快也要一个半小时，攻打祖祠只要在一个小时内解决战斗就没问题。"琼花："我一定能在一个小时内解决战斗。"

连长："我带娘子军三排和警卫连一排，负责诱惑来包围的敌人，尽量把他们往远处引。"男红军："我带警卫连二、三排配合琼花同志打镇子。"琼花："要是能有十几套国民党士兵的服装就更好了,进城门时可以减少很多麻烦。"连长："你想化装?"琼花："押解我和几个女战士。"男红军："正好,我们有。"连长："你们怎么会有国民党士兵的服装。"男红军："缴获的,有一些战士衣服烂了,又没条件做新的,就发给他们先穿着了。"

琼花掏出怀表,看了看："可以开始行动了,连长,你的伤口还没完全痊愈,一定要多保重。"连长直起身子,命令："准备出发。"二嫂扑了过来："琼花,带上我吧,我也要杀南霸天,救出我的孩子和婆婆。"琼花果断地点点头,对男红军说:"李连长,最好再安排你手下的副排长阿牛动员些年轻力壮的革命群众造些声势。"男红军:"好,我去安排。"

团丁和国民党士兵行进在万泉河边。

山坡上,连长指挥女红军迅速搭建了几间人字形小棚子。男红军在树林中埋伏下来。连长命令着:"抵抗十分钟就向山顶方向撤退,但是不能让敌人察觉我们是有意把他们引开的。"

树林中,琼花带着女战士隐蔽地行进。琼花:"向后传,不许发出任何声响。"

南家祖祠,几张圆桌边坐着一些客人。丫环们端茶倒水。南霸天站在门前,和姨太太一起迎接来宾。团丁阿福跑来:"南爷,炮楼上有弟兄传来消息,说石坡方向传来枪声了。"南霸天兴奋地:"情报准确。老四!"阿福:"四爷带人抓吴琼花去了。"

南霸天:"阿福,马上去街上,把所有的饭馆都包下来,准备大开庆功宴!"阿福:"是。"姨太太:"爷,您在这里辛苦了一整天了,回去休息一下吧,晚上一高兴又不知道折腾到什么时辰了。"南霸天点点头:"让账房老叔给我应酬着,再把会捶背的哑巴丫环带着,回南府。"

团丁和士兵在冲锋。女战士们在前面射击。男战士们躲在树林里射击。连长对身边的战士说:"差不多了,撤。"城楼上,正在瞭望的团丁忽然叫了起来:"快看!"一个团丁抬起头来张望。土路上,十几个国民党士兵端枪押解着被五花大绑的琼花和几个女战士走来。团丁："那是南爷朝思暮想的吴琼花呀！快给南爷报喜！十块大洋的赏钱是到手了！"另一团丁："分我一半！"团丁跑了下去。

两个团丁把几个要进城的老百姓赶到一边，十几个士兵押解着吴琼花等人来到城门下。两个团丁连忙敬礼。军官："我们立了这么大的功，城楼上的弟兄怎么不下来迎接？"团丁："一个去向南爷报喜去了，还有一个我叫下来。"他往外跑了两步："力仔，快下来迎接功臣。"上面应了一声。军官使眼色，几个士兵上去就用枪托砸昏了团丁。从城楼上跑下的团丁还没张嘴，也挨了一枪托。

边上的老百姓目瞪口呆。琼花大声地："乡亲们，不要再进镇子了，快回家吧。"老百姓赶忙撒腿就跑。琼花命令："联络大部队进镇子，警卫连攻打国民党营地，娘子军攻打南府，我们继续伪装前进。"

南霸天趴在床上，丫环给他捶背。姨太太端着一碗热汤，使劲吹着。外

面有人喊："南爷，给您报喜。"南霸天猛地一翻身："快进来说。"团丁跑进来："南爷，吴琼花那丫头已经被胡营长的弟兄给押进镇子了，马上就到南府。"哑巴丫环一愣。南霸天同样一愣："这么快？"团丁："说明四爷和胡营长打得顺利。"南霸天："不对，再顺利也不可能这么快就把俘虏押回来，快去，关上南府大门，让弟兄们做好战斗准备，对，再派人去通报胡营长的留守军官。"团丁："是。"他跑了出去。

姨太太："爷，您是不是有点草木皆兵？"南霸天："吴琼花诡计多端，不能不防。真是南某多心，也不过是误会而已嘛。"

士兵和团丁冲上山坡。团丁："四爷，共匪逃跑了。"老四："追啊！"胡营长大声命令着："绝不能让她们再逃进五指山！"

十几个士兵押着琼花等人迅速接近南府。老百姓们惊慌地看着。

南府大门，厚重的木门慢慢关闭了。琼花一看，喊了声："冲！"她身上的绳索脱落，从腰里拔出手枪。几个被绑着的女战士同样松开了绳索，掏出手榴弹扔了过去。

娘子军连歌响起，歌声中，城门外，人们从甘蔗、竹篓和牛肚子下拿出枪支，有人抱着炸药包冲到城门下。城墙豁口，黎族老猎户放下绳索，几十个红军战士爬了上去。营房大门，一声巨响，被炸开了，号兵吹起了冲锋号。国民党士兵纷纷举手投降。街道上，男女红军在冲锋。土埂上，机关枪扫射着，土炮喷出火焰。

骑楼下，琼花等人躲在房柱后面，向南府射击。南府内，哑巴丫环突然冲到门边，去拨门闩，团丁连忙开枪，小哑巴中弹倒下，挣扎着打开了大门。门外，在机枪掩护下，琼花等人冲到门前，墙头上的团丁被纷纷打了下来，女战士们喊着"活捉南霸天"，涌进南府。后院，几个女战士翻墙而入，和团丁相互射击，一个女战士受伤，两个团丁被打死。城楼上，娘子军的战旗迎风飘扬。

院子里，手持驳壳枪的琼花向负隅顽抗的敌人射击，一边寻找着。她抓住一个团丁，用枪顶住他的脑袋："南霸天呢？"团丁惊惶地摇头："枪一响，南爷，不，南霸天就不见了。"

二妹："党代表，他是不是又钻地道了？"琼花："这招他只会用一次。"她一挥手："跟我来！"

四个女战士被吊在祖祠正殿房梁上。南霸天正疯狂地把油桶里的油泼向房子和人身上。门一下被撞开了。两个团丁举起枪来，但随着枪声，他们的胸脯上冒出了血花。

吴琼花端着手枪冲了进来，几个女战士跟在后面。南霸天回过头。琼花的枪口对准了南霸天。吊在房梁上的女战士欣喜地叫起来："琼花！"南霸天扔下手里的油桶，狞笑着："吴琼花，你不是一直要烧我的祖祠吗？现在我自己烧，我要和我南家的祖宗共存亡！"琼花冷冷地哼了一声："你永远不能如愿，以前你不准烧，我偏要烧，今天你想要烧，我就不给你烧。这是人民的血汗，它要留给人民了。"

南霸天趁着琼花慷慨陈词的时候，悄悄地从怀里掏出手枪。吊在房梁上的女战士惊呼起来："琼花，小心！"南霸天猛地要转身射击。琼花咬牙说："你还想负隅顽抗！"她一枪击中南的左腿膝盖。南霸天单腿跪下。琼花："这一枪是为了党代表。"

南霸天还击。琼花一枪又击中南右腿膝盖，说："这一枪是为了大个子。"南霸天还要垂死挣扎。琼花又一枪："这是为了叶容！"再一枪："这是为了红莲！"再一枪："这是为了阿菊！"

琼花抓过身后女战士手中的一挺机关枪，把子弹倾泻进南的身躯。她大叫着："这是为了所有受苦受难的姐妹！"南霸天倒在了血泊中。

重温红色经典 秉承先辈遗志